记忆遗产系列科幻小说之三

记忆遗产之三国暗战

吴宗群 著

金城出版社
GOLD WALL PRESS

图书在版编目（CIP）数据

记忆遗产之三国暗战 / 吴宗群著 . 一北京：金城出版社，2018. 1
ISBN 978-7-5155-1605-9

Ⅰ. ①记… Ⅱ. ①吴… Ⅲ. ①科学幻想小说 - 中国 - 当代 Ⅳ. ①I247. 5

中国版本图书馆 CIP 数据核字（2017）第 295844 号

记忆遗产之三国暗战

作　　者 吴宗群
责任编辑 李　健　张礼文
开　　本 710 毫米 × 1000 毫米　1/32
印　　张 5. 75
字　　数 80 千字
版　　次 2018 年 1 月第 1 版　2018 年 1 月第 1 次印刷
印　　刷 三河市百盛印装有限公司
书　　号 ISBN 978-7-5155-1605-9
定　　价 32. 00 元

出版发行 **金城出版社** 北京市朝阳区利泽东二路 3 号　邮编：100102
发 行 部 （010）84254364
编 辑 部 （010）64210080
总 编 室 （010）64228516
网　　址 http：//www. jccb. com. cn
电子邮箱 jinchengchuban@ 163. com
法律顾问 陈鹰律师事务所（010）64970501

引　言

千万年来，人类生生不息，给后人留下了无尽的遗产与宝藏，唯独最宝贵的记忆，却不能成为遗产留给后人，以致每个人来到这个世界上时，大脑中一片空白，必须通过系统的学习才能掌握某个领域的专业知识与技能。

为此，每个人学习新知识需要耗费将近一生三分之一的时间，甚至毕其一生。即便如此，他也不可能获取所有的知识，更不可能掌握宇宙的奥秘。

这一切，正是离地球最远的奥密伽 7 星人所为。他们主宰着宇宙间的一切，堪称宇宙霸主。他们为宇宙间不同的星球设置了不同的功能。当他们赋予地球各种生命时，对人类预先做出了记忆存储与删除的设计，旨在控制地球生灵智慧的上限，使其威胁不到自己的宇宙霸主地位和奥密伽 7 星人的存亡。

然而，地球上一个小男孩的意外出现，让奥密伽 7 星人急剧恐慌，也让地球上几大巨头国家陷入暗战之中。

一场关于记忆遗传基因密码的争夺战，在中、美、埃及以及奥密伽 7 星人之间展开……

目　录

第三十六章　折损爱将

埃及胡夫金字塔旁凯恩教授团队驻地。

听到救护直升机的轰鸣声，凯恩教授忍着手上的疼痛，和弟子们一起赶到墓道口。

金字塔下办公帐篷一侧，一架红色救护直升机稳稳地降落在弟子们设置的地面引导标志前，从里面走下来一位医生和两位携带担架的医护人员，专业且迅速地将史瑞夫抬上直升机。萨曼莎跟着他们登上飞机。她钻进机舱门后突然转身，望着凯恩教授和同学，深情地向大家招了招手后，舱门缓缓关闭。

救护直升机搭载着萨曼莎和史瑞夫渐渐远去。凯恩教授望着腾空而去的直升机，心中暗暗祈祷："真主保佑史瑞夫平安归来。"

"凯恩教授，墓道里的信号能量值还在不停地增加。"伊恩气喘吁吁地从墓道里跑出来，一把拉住凯恩教授就往墓道内跑。

伊恩指着刚刚爆表的几台设备向凯恩教授汇报。看到爆表后的设备上还有未散尽的枯焦烟雾，凯恩教授明白，他需要立即做出一个决策。

这个决策从某种意义上讲具有巨大的风险。现在是监测和记录不明信号的最佳时机，应该将这些诡异的强烈信号全部采集并记录下来。但是，眼下设备不停地爆表，再继续下去，所有价值不菲、来之不易的设备将会报废。

看来，这是一种不知来自何方的极强能量场，在金字塔墓道内被成倍放大，形成一股无法抗拒的巨大破坏力。

他立即将队员分成两组。一组，关闭墓道内所有设备，同时对所有因为超强信号干扰造成爆表设备的型号、数量进行统计；另一组，联系相关部门准备新设备，或者派技术人员到现场维修。各项监测工作人员随时待命，继续进行。

很快，以伊恩为首的小组把统计结果拿出来了，监测设备的损坏让凯恩教授伤透了脑筋，完全损坏的监测设备占了七八成。联系更换和维修技术人员的反馈信息很不乐观。设备供应方称，新设备的电源、信号探头、信号过滤以及显示屏等部件要从德国、瑞士及美国进口，再经过组装、质检、调试到安装，最快也需要二至三周的时间。他们唯一可以做到的，就是马上派出技术人员赶到现场，视设备损坏情况进行维修，然而，维修所需要的零部件也是问题。

当然，这场灾难给凯恩教授带来的最大难题是资金的缺口。如此大规模地更新设备，早就超出他的项目预算。现在，项目还没有任何进展，一下子成倍地追加投入，如何向上峰交代呢？

凯恩教授一边轻轻揉着受伤的右手，一边在墓道内焦躁地来回踱步，思考种种可行的应对措施。

突然，手机响了。他打开一看，是萨曼莎打来的。他按下接听键。没等萨曼莎讲完，他顿时像被雷电击中一般，差点儿瘫倒。他勉强将身体靠在墓道的石壁上，对萨曼莎说：“你先回来吧。”

凯恩教授的手无力地从耳边垂下，一撒手，手机摔在地下，顺着墓道的斜坡滑出去。

这是一个更让凯恩教授无法向上峰交代的坏消息——史瑞夫的心脏起搏器因为遭受外界强磁场以及不明能量场的干扰，停止了工作，他已经永远地停止了呼吸。植入这种精细电子设备的患者，严禁进入雷达、变电站、电弧焊接现场、电视台、电台等具有强磁场、强光源和强烈无线电信号等场所。何况在墓室里，任何强烈的信号源似乎被一种神奇的力量无限放大，安装在那里的音频监测设备都会损坏殆尽，更别说人类使用的精密心脏起搏器了。

当初，推荐史瑞夫加入团队时那位神秘人物和凯恩教授怎么也不会想到，他会遭遇这个严重后果。

史瑞夫不仅是凯恩教授的得意门生，还是那位下达这次特殊任务的神秘人物的外孙。他突然遭遇不幸，该如何向手握生杀大权的神秘人物交代呢？

凯恩教授还清楚地记得那天下午，他应召赶到神秘人物办公室的前前后后。

一周前的一个下午，他接到一个电话：“凯恩教授吗？”

听到这个苍老的声音叫他“凯恩教授”，他不敢相信自己的耳朵，只是谦恭地回答道：“我是。您是——”

“孩子，这段时间你辛苦了！一周前，你写给我的报告已经收到了。又要钱，又要人，我这个老头子现在说话不太管用了，耽误了你的时间，抱歉!”

对方虽然没有明确说自己是谁，但是，他一周前关于增加设备预算、监测人员数量的请示报告，只报给乌纳斯法老。从电话中似曾相识的声音可以判断，对方应该是乌纳斯法老。这让他再次想起自己在乌纳斯法老的办公室内，当面聆听法老陈述往事时的情景。

这份报告的确送出去一周了，乌纳斯法老那边却一点反馈都没有。今天乌纳斯法老亲自打来电话，让他感到十分意外。然而，乌纳斯法老一再说抱歉，看来他的请求要落空了。

正当他感觉被当头泼一盆冷水的时候，电话里的人话锋一转：“不过，还有人愿意助我们一臂之力，感恩伟大的太阳神保佑!”

“感恩伟大的太阳神！请您快点告诉我，谁这么慷慨，意愿解囊相助我们?”凯恩教授迫不及待地问。

“你赶紧准备一下，把给我的申请再打印一份，10分钟后，一架直升机去接你。至于谁能帮你，到时候你就知道了。”

按照打电话人的吩咐，凯恩教授刚准备好文件，就听到直升机的轰鸣声越来越近。当他走出帐篷时，一架黑色的阿帕奇Ⅱ武装直升机已经停在帐篷旁边。他简单向伊恩交代几句，就登上了阿帕奇Ⅱ武装直升机。

阿帕奇Ⅱ武装直升机降落在大漠深处一个不起眼儿的石窟前。在一位荷枪实弹的武装人员“陪同”下，凯恩教授通过了层层审查和安检后，沿着石窟中蜿蜒的隧道，进入一部高速下行的电梯。

电梯下行速度太快，让凯恩教授产生一种飞机落地前的不适应感，暂时失去听觉。

眼前只有电梯轿厢壁上不断闪烁的数字，当显示屏上出现一组奇怪的编码时，电梯便稳稳地停下来。走出电梯轿厢门，他又在另外两位全副武装的保安带领下，沿着一条深不可测的走廊向前走，在第一个十字路口右转，最后在一扇钛合金门前停下来。

保安示意凯恩教授对准墙上的门禁进行虹膜扫描。一声轻盈的蜂鸣声响起，钛合金门向上缓缓升起。

这里就是代号“萨拉丁雄鹰”的埃及情报总局驻地。

埃及情报总局是世界公认的非洲最先进的情报机构。这只“雄鹰”曾经在第四次中东战争中，为埃军提供大量珍贵的军事情报，进而为埃军一举突破巴列夫防线，全歼敌王牌190装甲旅，让世人为之震惊，令同行刮目相看。

目前，埃及情报总局主要职责是为军方搜集、分析、提供国内外秘密情报，协调埃及各谍报机构的情报工作，维护埃及国家安全开展反谍报活动。

埃及情报总局由总统直接领导，执行总统下达的各种任务，经费由总统办公室直接划拨。据乌纳斯法老说，上次凯恩教授申请购买监测设备的经费，就是埃及情报总局提供的。

埃及情报总局拥有很多特权，各处室领导由军方或警方高级官员兼任，还拥有自己的间谍培训学校，面向全世界秘密延揽各种谍报人才。凯恩教授和他的弟子伊恩、史瑞夫就是埃及情报总局秘密培养的谍报成员。不过，当年凯恩教授只是普通学员，根本没有资格到过里。

钛合金大门升起后，凯恩教授看到眼前是一栋有高大穹顶的宽敞圆形建筑，环形的墙上被无数高清显示屏覆盖。每个显示屏上都不停地更换着画面，显示内容都是世界各地谍报人员发送过来的适时监控信息。当然，胡夫金字塔周边新设立的音频监控站也在一个显示屏上。

圆形建筑的正中央是一块可以 360 度旋转的地面，上面有一张环形办公桌，后面正襟危坐的人，正是那位神秘人物。那位神秘人物正是多年前凯恩教授接受“萨拉丁雄鹰”特殊训练时的教官，主要教授他拦截、破译各种无线电信号、光子通讯信号、微波通讯信号等技术。

见凯恩教授进入大门，神秘人物伸手示意他在环形办公桌前的椅子上落座："卡卡，干得不错啊！"

神秘人物亲昵地叫凯恩教授的代号。这个代号，是凯恩教授在受训时使用的。神秘人物对凯恩教授接受了"萨拉丁雄鹰"的指令后，在诡异信号侦听监测方面取得的初步成效进行褒奖。他开门见山地问道："亲爱的卡卡，你把手伸到我这里要钱要人？呵呵，没关系，说说你下一步的计划吧。"

凯恩教授正被破译目前的诡异信号难题困扰，于是他不假思索地答道："目前，我们已经收录了几千小时时长的诡异信息和音频录音，但是，我们即便动用目前国内所有的密码破译专家、语言学者，甚至包括超级计算机，都无法解读这些信号和录音的内容。最近一段时间，这种诡异的信号出现频率和发送时长都在不断增加，我们明显感觉人手不够。而且——"说到这，他吞吞吐吐，欲言又止。

"而且什么？要钱？"

"是。啊，不是，是想添置一些设备。"凯恩教授说完，连自己都觉得这种解释苍白无力。

听到凯恩教授战战兢兢的回答，神秘人物哈哈大笑："哈哈，添置设备，我这儿可不是设备生产工厂。你开个价吧，要多少钱？"

“我带来一份准备补充设备的清单，请您过目。”说完，凯恩教授想起临行前乌纳斯法老让自己准备的申请报告，看来他们之间在自己的事情上已经作过交流了。

凯恩教授恭敬地将申请报告递到神秘人物手中，然后低头弯腰，等待神秘人物的反应。

神秘人物接过申请报告，迅速地浏览了一遍，目光在报告的尾部停下来。

他放下文件，抬头王顾左右而言他地对凯恩教授说道：“你那里监测到的诡异信号和录制的音频文件，我听过一点儿，虽然不能完全破译，但是，可以确认的一点是，这些诡异的信号源直接关系到我们国家的未来和现在的安全。”

听到此，凯恩教授心中打了个寒战。他怎么能听到自己团队监测到的信号呢？转念一想，这并不奇怪，世界对于“萨拉丁雄鹰”来说，根本没有秘密可言。

神秘人物接着说道：“你把监测收录到的所有信号、音频文件以 XAX99 格式加密后拷贝一份送给我。看来你的侦听监测设备太落后，按照你提交的设备清单，我先帮助你解决一半吧。唉，家家都有一本难念的经啊，卡卡。”

解决一半，已经大大超出凯恩教授的期许，至少可以保证近期内的监测点覆盖墓道的三分之一，确保几个重要的节点不被遗漏。

凯恩教授正想表示十二分感谢时，神秘人物接着说道：“我正想建议你们24小时全天候实施监控，你却先开口跟我要人了。好吧，这是通过技术考核和安全审查的人员名单，你挑几个吧。”说完，他把一份名单递给凯恩教授。

这份名单列出了二十多个人，后面附有这些人的照片、档案等详细资料。

凯恩教授清楚，这些人都是经过“萨拉丁雄鹰”间谍培训机构精心挑选、培训的精英。更重要的是，他们都通过了严格的甄别与审查程序，其忠诚度绝对可靠。他恨不能将这些人立即纳为己有，于是眼中闪烁着难以掩饰不住的贪婪，问道：“全给我吗？”

“中国有句古话，叫做‘韩信用兵，多多益善’。卡卡，我现在也正是用人之际，不能把这些人全部派给你，希望你能理解。你实施的这个计划，很大程度上也和国家的人才培养、储备有关。这样吧，你先挑选10个，然后我再根据项目的进展情况，随时给你增派人手。不过，这个孩子你可要留意。”他指着名单最后一页说道。

神秘人物如此器重自己，还向自己推荐人才，凯恩教授真有点受宠若惊。他扫了一眼手中的名单，史瑞夫的名字跃入眼帘。

史瑞夫就读于开罗大学，期间进入“萨拉丁雄鹰”间谍培训机构接受魔鬼般的训练。他清楚地知道，史瑞夫尚未毕业，就在圈内拥有较高的人气和良好口碑，不仅因为他是神秘人物的外孙，更因为他业务精进，待人接物处处沉稳、低调和干练。当然，这种优秀男孩也是众多女孩仰慕追逐的对象。

万万没想到，这么优秀的年轻人，竟然在执行任务时意外殉职。

凯恩教授默念着史瑞夫的名字，从回忆中回过神来，四顾茫然，眼泪浸满眼眶。他不知道造成一切恶果的罪魁祸首是谁，该向谁清算这笔损失。他更不知道，自己如何向那位神秘人物报送这个噩耗。

伊恩等几位学生见凯恩教授苏醒，赶忙上前将他扶起。

金字塔内发生的一切，同样被奥密伽 7 星球安全总部监控室悉数获得。看到史瑞夫遇难，西格玛心头一颤，微微皱起眉头，喃喃自语道：“真是应了地球人的一句古语，不是冤家不聚头。这个老家伙，管那么多闲事干吗？管就管呗，咋还推荐自己的外孙参加？这回把那条小命搭上了吧，这不能怪我不够意思!”

转而，他习惯性地挥了挥手，像是想拂去心中那些不愉快的念头，同时也在示意属下切换监控画面。

画面换成美国国家航空航天署指挥中心。

第三十七章　火狐出手

美国旧金山渔人码头 39 号。

这是渔人码头最具地标性的旅游景点。这里的海洋儿童乐园、海豹栖息岛都是世界各地游人流连忘返的地方。

码头最醒目的地方，矗立着彼德手捧大阿福口中念念有词的巨幅海报。这是儿童智力开发中心推广自己业务的宣传海报。

同样的海报也充斥着旧金山中国城的牌楼两侧、地铁站、公交候车亭、购物中心等公共场所。只是彼德演讲的具体时间、地点没有确定，像吊人胃口般写着“敬请期待”。

一时间，关于彼德是“神童”还是“灾星”的讨论，几乎霸占了美国各大媒体，人们在“脸书”上刷屏，在网络上发帖，在坊间八卦，热到不能再热。

儿童智力开发中心拟定实施的公关矫正计划，一方面利用公司发现“混血神童彼德”的典型案例，从正面大肆宣传公司在青少年早期智力开发方面的成就；另一方面指桑骂槐地抹黑西雅图的几家同行。这些炒作就像在“混血神童”“童星还是灾星”等新闻热点上火上浇油。

在媒体连续轰炸的冲击波影响下，确实让一大批人成为“大阿福”的粉丝，甚至有些华人开始偷偷地背诵《汤头歌诀》，企图获得像像彼德那样的超强记忆能力。

当然，真正因此获得超强记忆能力的模仿者几乎为零。结果导致更多人认为，媒体上大肆渲染的“神童”太过离谱。鉴于媒体在这个问题上失信，再联系到“彼德是灾星，灾难与其如影随形”的说法，没有切实可信的凭据，也让读者觉得媒体上关于彼德的系列宣传，都是无稽之谈。

这些消息，在“火狐计划”行动小组成员看来，是至关重要的线索，尤其这起事件前后的每个时间节点，都给他们提供了可资借鉴的宝贵时间坐标。

美国休斯敦国家航空航天署指挥中心国际空间站联络处圆形会议室。

今天，这间四周全是环形玻璃落地窗的会议室里，聚集一批特殊的专家和军方政要。从圆桌周围几位身上的制服可以看出，他们来自海军航空兵、空军和陆军。还有几位皓首老者，一看就是某个领域德高望重的人物。当然，还有几位年轻学者，他们在会前相互调侃着，看样子彼此之间很熟悉。

会议主持人杰克上校看了看手表，失望地向会议室门口看去。“猎鹰”却像踩着时间点似的出现在会议室门口。他今天穿一身戎装，助理奥莉维亚也身着笔挺的制服跟在他身后。身穿戎装的奥莉维亚英姿勃勃，从军衔可以看出，她已经是少校军官。

“猎鹰”进来后，军界领导立刻起立敬军礼。在座的非军人则礼节性地起身表示敬意。“猎鹰”还是那副冷酷的表情，他走到会议桌中央，向各位与会者敬了个军礼，示意大家坐下。

落座后，“猎鹰”向各位与会者寒暄几句。毕竟这些重量级专家都是堪称国宝级的人物，都是国务卿出面邀请来的，他不能不做出一些姿态。当然，与会者都是圈内知名人物，杰克也没有必要一一向大家介绍。

不过按照“猎鹰”的行事风格，他还是毫不客气地向杰克询问任务的完成情况。事实上，杰克每隔两小时就向他汇报任务进展情况。“猎鹰”这么做，无非是想让与会者了解一下目前的状况。

此时，奥莉维亚从公文包中拿出几份装订好的文件，分发给各位与会者。无纸化办公已经成为很多政府机构、公司的首选，但电子文件泄密的速度、范围却是不可控的。相比之下，传统的纸质文件其保密系数更高一些。

奥莉维亚分发完文件，“猎鹰”打断了汇报情况的杰克，语言冷峻而强硬地提醒各位与会者：“这是仅供参考的绝密资料，各位在散会时必须交给奥莉维亚。”说完，他向杰克点点头，示意他继续汇报。

“各位，这段时间那个混血少年彼德被各大媒体炒得沸沸扬扬的新闻，大家都不陌生吧？从网络到报纸，从电视到广播，几乎都转载或者直接编发了这些新闻，内容无非是‘混血神童，横空出世’，‘中国泥人，助你成为记忆超人’。当然，还有人说他‘灾星，灾难与他如影随形’，等等。

“我们且不去深究这些新闻的真实性，但是，综合这些新闻报道的内容，却给我们提供了一系列宝贵的时间节点。比如，自从上次美国有线电视新闻网播出一条关于儿童智力开发和强化记忆力的TED演讲新闻后，我们做了进一步的调查。具体情况是，组织者是一个叫做儿童智力开发中心的非营利机构，演讲者就是彼德，演讲地点分别在旧金山的湾区中学和西雅图的贝克中学。

“经过跟踪监测，那天上午，那些诡异信号的定位正好在旧金山的湾区中学。那天下午，信号最强的中心点也恰好在西雅图的贝克中学。这些实时的信号强度和持续的时间与我们监测到的信号完全吻合。

“同时，我们也调取了哈佛大学人类学研究院情绪监测仪跟踪监测的数据。根据他们采集到的信号显示，其频率、波形和延续时间与我们搜集到的完全一致。

“特别有价值的是彼德那天因为航班延误，在那个时间节点上，我们监测到一组非常诡异而强烈的信号。

“紧接着是彼德改乘的航班遭遇雷雨天气，飞机被迫降落在一个荒无人烟的军用小岛上。在那个时间节点上，我们同样监测到一组波形奇特、信号强烈的诡异信号。

“据哈佛大学人类学研究院的有关专家对情绪监测仪跟踪监测的数据分析，他们已经成功剥离和过滤出一组诡异的波形，可以基本确定的是，围绕那些人类信号曲线周围的奇异波形，很可能是来自外太空的信号。

“但是，这些来自外太空的信号具体代表什么内容，以我们目前掌握的信息和技术很难破译。今天，我们真诚地期待在座的各位专家教授给予指点和帮助。”

说到此，杰克向凯特琳做出一个手势。

凯特琳熟练地打开投影仪。会议室正面的屏幕上出现了一组国际空间站指挥中心监测录制的信号图谱和哈佛大学人类学研究院情绪监测仪截获到的信号波形图。

当投影仪播放出哈佛大学剥离和过滤出的一组外太空音频信号时，几位专家坐不住了，情不自禁地交头接耳。一位满头银发的老专家提议，将视频倒回去再播放一遍。

这位老专家名叫威廉姆斯，美国国家科学院地球物理研究所院士。他不仅参与过美国中央情报局和美国联邦调查局对太空情报的收集与监测，还负责组建过一个专门研制、发射、运营和监控各国数百颗间谍卫星的国家侦察办公室。

国家侦察办公室成立于上世纪七十年代，隶属美国国防部，主要职责是利用谍卫星的监听或拍摄，为美国中央情报局和美国联邦调查局等情报部门提供情报资料。

威廉姆斯作为国家侦察办公室首席科学家，在冷战时期，带领他的团队在太空部署了十几个“千里眼”和“顺风耳”卫星，侦听和监视范围几乎覆盖了所有与美国国家利益有冲突的国家和地区。“古巴导弹危机”的侦破，让他的团队一举成名。

几年前，在威廉姆斯的领导下，国家侦察办公室进行两次绝密级间谍卫星发射活动。第一次发射的间谍卫星名为“黄金眼”，第二次发射的间谍卫星名为“女神”，在全球范围内侦测恐怖分子活动及收集敌对国家的情报。但是，由于一系列诡异信号的干扰和介入，导致这两颗间谍卫星由“千里眼”变成“老花眼”，侦察能力大打折扣。为此，威廉姆斯一度受到白宫相关高层诟病。

“黄金眼”受到诡异信号干扰后，就连萨达姆点燃科威特境内数百口油井，油田大火引发的烟雾都能让它成为“瞎子”，无法看清地面情况。

“女神”虽然比“黄金眼”先进，但是，当它刚刚进入印度洋上空几百公里的预定轨道后，电路系统就出了问题，无法正常工作。虽然地面工程师通过控制软件，很快排除了故障，但它的实际侦察能力只恢复到设计能力的八成。可怜的国家侦察办公室在“9・11”以后，受五角大楼和中情局的指令，只能依赖这颗老眼昏花的“女神”卫星，在无数诡异信号的干扰下，迷迷瞪瞪地在印度洋区域追踪基地组织控制的走私船。

就是这位在卫星监测天地信号领域叱咤风云的人物，

虽然带领自己的团队在天地间监测、收录几十万个小时的各种通信、传播、控制等方面的信号，但是，他从来没有见过如此奇特的波形，更没有见过如此强烈的信号。

当凯特琳将视频倒回去再次播放并定格时，威廉姆斯看着那些陌生而诡异的信号波形，心中升腾起一股莫名的惆怅。在太空遥测信号领域取得辉煌成就的自己，却栽在两颗不成功的间谍卫星上。更遗憾的是，至今自己还不明白，这两颗耗费了自己毕生心血的精心之作、造价10亿美元的间谍卫星，究竟受到什么诡异的信号干扰，使其成为“老花眼”甚至“瞎子”呢？

威廉姆斯陷入沉思中，其他与会者见状，也都就这份诡异波形的图谱相互小声交流着。

杰克明白，威廉姆斯和其他专家已经对这份图谱产生了极大的兴趣，便吩咐凯特琳：“把这个图谱的文件，会后交给威廉姆斯博士。你再统计一下，还有哪位专家需要什么资料，都一一记录下来，会后为他们提供电子文件。”

看到在座的科学家如此关注，“猎鹰”提示杰克：“尽快给各位专家介绍这次彼德西雅图之行的相关监控信息，然后我还有更重要的问题和各位探讨。”

杰克明白“猎鹰”的意图，立即清了清嗓子，对各位专家说：“各位，如果你们对这些信号感到诡异的话，请看我们最近收录的这些更加奇特信号。”

说完，凯特琳将监控彼德西雅图之行的所有监控视频，包括他出行前后、航班延误、航班迫降等相关监控信号给各位逐一展示。

当播放到彼德在航班延误前的监控信号时，威廉姆斯再次叫停。凯特琳一边望着屏幕上奇怪的信号图形，一边好奇地望着威廉姆斯。

“猎鹰”、杰克和所有与会者都期待威廉姆斯从中发现了新的线索。

威廉姆斯指着屏幕说：“很显然，这张波形图是那个孩子周边产生的磁场所致，那里不仅有极强的磁场，还夹杂着诸如次声波、超声波、远红外等不同的东西。但是，大家有没有注意到，在这个纷繁复杂的信号波形图背后，还有隐隐可见的另外几种波形，这和几年前干扰‘黄金眼’和‘女神’的信号虽然不完全一样，但是，它们都有一个共同的诡异之处，就是这些信号看上去能量较弱，其实十分强大。因为，这个信号源很可能在外太空。”

作为地球物理学界教父级的人物，威廉姆斯绝对不会妄下断言。他一言既出，四座皆惊。

“从那些信号的波形图上，我们甚至可以解读为，是对那个孩子的隐形跟踪和隐形干预的神秘信号。”威廉姆斯说到这里，起身从凯特琳手中接过激光遥控器，将某一段波形放大后，利用天体物理、地球物理最新的研究成果“阿尔法交互理论”逐一进行分析。他的精辟分析令在场所有人频频点头认可。

坐在威廉姆斯对面的一位海军军官对此提出了颇有见地的分析：“我们海军的舰载机多次从航母上起飞后莫名其妙地遇险了。根据当时飞机起飞状况来看，无论天气、还是起飞助力装置都完全正常，但我们的确忽略了发出起飞指令时各种信号干扰这个因素。刚才威廉姆斯博士特别提到那种奇怪波形，倒让我觉得似曾相识。”

两位专家的分析坚定了“猎鹰”的初步判断，他随后又抛砖引玉地说道：“威廉姆斯博士高屋建瓴的分析，正是我们今天需要研讨的重要部分，这也引发了一系列疑问。比如，这个具有超强记忆能力孩子身边出现的那些信号，是不是导致他拥有超强记忆的原因？或者说，因为他拥有超强记忆能力，根据威廉姆斯博士提供的‘阿尔法交互理论’，才导致他的周围存在那些诡异的信号？为什么外太空的诡异信号总与他相伴相随？当然，还有一些更加令人匪夷所思的现象，那个孩子错过航班幸免于难，再次改乘又遭遇迫降，这是巧合还是外太空神秘力量所致？”

坐在“猎鹰”右手边的一位军人发言了。他是空军上将，虽然他和“猎鹰”军衔相同，但是“猎鹰”才是真正的领导，于是他比较委婉地说道：“一系列诡异的迹象表明，伴随这个具有超强记忆力的孩子的事件，绝对不是孤立的。是不是外太空某种力量介入，还有待进一步跟踪监测、分析研判。”

说到这里，他的语气突然强硬：“不管有没有外太空神秘力量介入，从现在起，我们应该立即对这个孩子和他的家人进行全天候的跟踪与监控！”

锁定彼德，本来也是“猎鹰”在会议上提出的决定。这位上将既然提出了这个建议，他就可以顺水推舟了。这个孩子具有的神秘能力，肯定有极其宝贵的研究价值，正如他从白宫某位高层人物那里得到的指令，“这关系美利坚的未来，关系美利坚掌控全球的能力”。

只是，真的要锁定彼德，对他和家人实施全程跟踪与监控，绝不是一己之力就能完成的，他需要尽快向白宫请示。

也许在冥冥之中有一种神奇力量在帮助他。正当他考虑如何请示白宫的时候，他的海事卫星电话响了。这部高级电话，是白宫为了实行“火狐计划”专门为他配备的保密通讯装备。

不出所料，白宫方面命令他立即飞往华府，对会议讨论情况进行专题汇报。同时，白宫将对“火狐计划”

下一步工作发布新的指令，需要他当面领命。

“猎鹰”用一种复杂却充满挑衅的目光扫视那位空军上将，他对这位在自己的地盘上如此强硬地发表意见感到不满，也对这位的论断与白宫的意见如此高度吻合颇有醋意。但是，他很快调整好心中的不满情绪，充满优越感地举起手中的海事卫星电话说：“各位，我刚才接到白宫的紧急来电，命令我立即飞往华府。杰克，你继续主持会议，并由你牵头与在场专家组成联合工作小组，继续研究解读获取的各种信号图谱，形成一份详尽的分析报告，后天交给我。”

说完，“猎鹰”起立，向各位行了个军礼，然后说道：“各位，请把你们手上的那份文件交给奥莉维亚，我先告辞了。”

杰克等军人一起起身，向“猎鹰”行军礼。

杰克命令凯特琳：“通知特别行动组，空天 2 号出库，准备起飞，目标华盛顿 DC。”

“猎鹰”很清楚，乘坐自己的专用直升机赶往华府，显然来不及。空天 2 号是美国航空航天局配备的最新型的 4 倍音速飞机，一个小时之内就能到达白宫。

第三十八章　假戏真做

美国旧金山歌剧院排练大厅。

今天剧院老板通知，《金山魅影》剧组全体成员在剧院排练大厅首次说排剧院最近新创作的歌剧《金山魅影》。

剧组所有成员集中在排练大厅，等候老板宣布该剧任务和工种的分配名单，其中包括编剧、作曲、导演、演员、服装、道具、灯光、舞美等。

众人尤其关注该剧几位主要角色由谁扮演。

剧院总经理兼歌剧院艺术总监卡梅伦、团长兼总导演梅森早早来到排练场。他们站在舞台上，一边开心地交谈，一边拿着名单清点到场人数。

当他们看到演职人员已经把前排观众席坐得满满当当时，卡梅伦满意地拍了拍梅森的肩头，说："这几年剧院发展得很快，平均每年都能推出一两部新剧，演职人员从一百多名扩展到三百多名，老兄功不可没啊！"

最近几年，旧金山歌剧院在商演市场整体下滑的形势下，仍然保持着稳步提升的活力，实属同行业内的翘楚。《金山魅影》这部歌剧将动用二百多人，是场面宏大的大制作，也是该剧院与当地旅游部门联手进行的一次文化与旅游、歌剧与商业融合的新尝试。

听到梅森的恭维，卡梅伦则谦逊地用拳头在梅森的肩头"回敬"了两下："别给我戴高帽子，你先把剧情给大家好好说说吧。"

见演职人员已经到齐，卡梅伦和梅森默契地交换了一下眼神。

卡梅伦说："诸位，今天是个大喜的日子。把大家请来，有好消息和大家分享。我们新创作的歌剧《金山魅影》今天正式排练了。具体的角色和工种分配，我们已经有了一个初步的方案，待会儿我会宣布。现在，先请该剧总导演梅森把这部歌剧的创作背景和剧情给大家介绍一下。”

台下一片热烈掌声。卡梅伦对梅森做了一个“请”的手势，就匆匆向后台走去。

梅森没有过多地寒暄，开门见山地和大家讲起这部歌剧的剧情：“《金山魅影》，听起来有点像好莱坞电影大片。这是我们歌剧院的编剧团队针对本市各类旅游胜地着力打造的一台经典剧目。这部歌剧描写一位隐身大侠，狂热地爱上了年轻美丽的歌剧表演艺术家莎莎。但是，他表达爱的方式却采用了行侠仗义的奇特方式，带领莎莎在旧金山的金门大桥、渔人码头、艺术宫等地标性的旅游景点，用歌声为流浪街头的乞丐募捐，为无家可归者建造容身场所。

“他们的行为受到社会底层推崇，更多的年轻艺术家加入他们的行动之中。他们获得了社会的尊重，碰撞出爱的火花。然而，隐身大侠却永远像魅影一样，来无影去无踪，以至于莎莎从来都没有见过他的真容。

“他们义演的行为无意中触及了当地码头黑势力的利益，黑势力先是派出地痞流氓在莎莎义演时起哄捣乱，隐身大侠为了保护莎莎，将那些地痞流氓打得落荒而逃，自己却身负重伤。

“黑势力一计不成，再生一计，准备对莎莎下黑手，毁掉莎莎的面相和声带，让她永远不能登台演出。身负重伤的隐身大侠再次出手，借助公益慈善力量与媒体宣传的影响力，曝光了黑恶势力的阴谋，制止了黑恶势力的罪恶计划。莎莎在义演的历练中不断成长，艺术日臻精进，加上她良好的社会公益形象与口碑，最终成为歌剧界一颗冉冉升起的新星。

“成名后的莎莎产生一种挥之不去、怆然若失的感觉。当她意识到自己已经爱上隐身大侠时，那位大侠却悄然隐身，与其相忘于江湖。”

讲到这里，梅森已经完全沉浸剧情当中，为这个浪漫、博爱而凄美的爱情故事动容。

见梅森入戏如此之深，甚至一度哽噎，卡梅伦走上台接过话筒：“显然，如果这部歌剧成功上演，无疑对旧金山旅游业将起到巨大的软性宣传作用。这部歌剧所有的场景，都巧妙地选择了当地最负盛名的旅游景点，如渔人码头、金门大桥、百乐门中餐厅，还有魔鬼岛，等等。

“为了把这部歌剧打造成精品，当地政府主管旅游的部门特意为我们歌剧院划拨一大笔赞助费，布朗市长也将为这部剧的前期新闻发布会站台。”

静静坐在下面的依莎贝拉，对此剧也有着极大的期待。她在歌剧院工作这么多年，一直希望有机会接手一部全新的角色挑战自己。毫无疑问，如果她把这部歌剧的女一号莎莎塑造成功，将是自己艺术生涯实现质的飞跃的绝佳机会。

剧组中的女高音艾梅莉和男高音詹姆士，是一对老搭档。他们都在默默地祈祷，期待自己能进入角色分配的最终名单。

卡梅伦兴奋之余，将话题转移到大家都关心的角色分配上："《金山魅影》没有问世，就受到社会各界的关注与支持，这对我们也是一种巨大的挑战。当然，我们也有接受挑战的实力。就拿女高音艾梅莉和男高音詹姆士来说，他们都是可以无缝对接的实力派演员。"

台下的剧组成员听到卡梅伦提到艾梅莉和詹姆士，都认为这部歌剧的女一号和男一号已经确定了，顿时爆发出一阵阵热烈的掌声。艾梅莉和詹姆士抑制不住内心的激动，热烈地相互拥抱。

卡梅伦脸上滑过一丝尴尬的表情，继续说道："艾梅莉正在担纲歌剧《茶花女》女主角玛格丽特，詹姆士在剧中担纲男主角阿尔芒。这部世界著名歌剧，我们已经在全球巡回演出一百多场，场场叫好又叫座。

"他们这对老搭档在这部歌剧的音乐上，将《茶花女》中许多脍炙人口的歌曲，如《饮酒歌》、咏叹调《啊！梦里情人》、《及时行乐》等，都演绎成歌剧界中的流行金曲。"

台下又爆发出热烈的掌声。当然，这次掌声肯定是给予艾梅莉和詹姆士的，以致他们不得不站起来，向全场演职人员躬身致谢。

看到这个场面，卡梅伦显得更加尴尬。但是，他却没有意识到，这种尴尬正是源于自己的误导。

静静坐在后面的依莎贝拉，心里却稍稍萌生一种莫名的挫败感。她以为，自己又失去了一次证明自己的绝佳机会。不过，凭她恬淡的性格，倒没有更多在意这次“落选”。

此刻梅森却是一脸的狐疑。昨天晚上，他和卡梅伦已经确定了《金山魅影》的男女主角人选，怎么临时换了？怎么不和自己商量一下，通个气？

没等梅森回过神来，卡梅伦继续沿着他的话题道：“《茶花女》是一部非常考验女高音能力的作品，首先在形象上，具备像茶花女一样雍容华贵气质的女高音就不多；其次在唱功上，要求女高音同时具备花腔、戏剧、抒情等各种音色和音域的驾驭能力，所以只有全能型的演员才能胜任。艾梅莉饰演的女主角玛格丽特可谓游刃有余，甚至，我们想换一个 B 角饰演都会遭到观众的强烈反对和抵制。

“为了让我们的剧院同时拥有两部具有竞争力的作品，这部新剧《金山魅影》会经常在旧金山著名景点渔人码头驻场演出。

“所以，我们决定起用新人，《金山魅影》的女一号由拥有绝对实力的女高音歌剧表演艺术家依莎贝拉担纲。”

台下所有人都被毫无过渡的逆转弄蒙了。卡梅伦高调夸赞了艾梅莉和詹姆士半天，突然来一个大逆转，决定新剧女一号由依莎贝拉担纲。无比尴尬的人，当然是艾梅莉和詹姆士。卡梅伦把他们夸奖半天，最后却像恶搞似的宣布新剧女一号由依莎贝拉出演，这个玩笑是不是有点阴损？艾梅莉想不通，新剧女一号给了依莎贝拉，男一号会不会由詹姆士出演？如果这样，自己演《茶花女》时和谁搭档呢？

当然，依莎贝拉在剧院里，无论艺术造诣还是敬业精神，都有良好的口碑。当演职人员真正明白老板的意图后，爆发出一阵更加热烈而持久的掌声。

梅森也大大松了一口气：“这个老伙计，这么重要的事情怎么能如此大费周折绕着弯子来说啊？”

一直静坐在台下的依莎贝拉心头再次一颤：“真是心想事成啊，不知道冥冥之中什么力量让自己获得如此机遇。”

不等她多想，演职人员在一阵热烈的掌声之后，转而变成窃窃私语。

卡梅伦再次提示大家："请安静！还有一项重要的角色没有宣布。"

这个角色对于艾梅莉和詹姆士来说，还是至关重要的。听老板的意思，剧院将会同时推出这两部歌剧，但总不能为了新剧，将保留剧目的一对老搭档生生拆散吧？

《金山魅影》的男一号究竟由谁担任，依莎贝拉迅速在脑海中检索剧院的"家底"。除了詹姆士，好像没有其他更合适的人选了。

谁和自己搭档呢？她环顾四周。今天，在排练大厅，除了大家所熟悉的领导、主要演员外，一个身材颀长、相貌英俊的陌生男子进入她的视野。

梅森见演职人员非常关注男一号由谁出演，打趣地示意卡梅伦："一个女主角的人选，你绕了一个大圈子，还闹出一个大误会，你还是休息一会儿吧。接下来让我宣布男主角由谁担任吧。

"兄弟们，感谢上帝眷顾，今天剧院三喜临门。第一喜，新剧《金山魅影》进入排练阶段；第二喜，我们已经收到一笔丰厚的赞助费；第三喜，也是最大的惊喜，我们荣幸地邀请到歌剧界的希望之星安东尼先生。安东尼先生毕业于加州伯克利音乐学院，去年获得表演专业博士学位。安东尼，跟大家打个招呼吧。"

安东尼优雅地站起来，缓缓走到第一排观众席中间，右手轻抚胸口，向各位同事深鞠一躬，表达自己加入这个团队的荣幸。他的优质独特的声线，内行人一听就知道，他是极具天赋的男高音歌剧表演天才。

现场也有几位资深老到的男演员，本来也有意竞争该剧的男一号，看到其人，闻听其声，都自叹弗如。当然，他们还知道，此人一定拥有深厚的社会背景，否则，很难通过剧院三番五次的考核与百里挑一的面试，更别说刚入职就出演新剧的男一号。

安东尼向大家打完招呼后，缓步走到艾梅莉和詹姆士身边，右手放在胸口，优雅地向二位行绅士大礼："尊敬的二位前辈，您二位担纲演出的《茶花女》是我学习的经典剧目，我的博士毕业汇报表演，就选择了《茶花女》的《饮酒歌》。但是，比起詹姆士先生来，自觉功底浅薄，惭愧，惭愧！今天有幸能和二位前辈共事，实为晚辈的造化。今后还望二位前辈多多提携指教。"

眼前这位风流倜傥的青年才俊，如此谦恭有礼，艾梅莉和詹姆士不约而同地起身握住安东尼的手说道："后生可畏，后生可畏啊！"

安东尼发现此刻全场人都在注视着自己，于是高举双手，环顾四周，向各位同仁送去飞吻。

又是一阵热烈的掌声。

梅森双手下压，示意大家静一静。他再次为安东尼做出一个更精彩的背书："我还想占用大家一点时间，和大家共同分享这位新秀最近获得的殊荣。在意大利西西里刚刚落下帷幕的第44届贝利尼国际声乐比赛中，经过多轮角逐，安东尼以一曲普契尼的歌剧《波希米亚人》选段《冰凉的小手》，从十六名决赛选手中脱颖而出，最后赢得了此次赛事最高奖——贝利尼国际声乐金奖。"

台下再次爆发出一阵热烈的掌声。

能够获得贝利尼国际声乐金奖，是每个歌剧人梦寐以求的殊荣。难以想象，一个刚刚走出校门、没有多少舞台表演经验的后生，竟然能斩获如此殊荣。

梅森再次示意大家静一静，然后以一种煽情的口吻说道："难能可贵的是，在安东尼获得贝利尼国际声乐金奖的当天，至少有两家意大利著名歌剧团以每年七位数的高薪与他签约，他不为高薪所动，毅然返回美国，加入我们的团队。虽然我们在《金山魅影》的创作初期，和他有过口头协定，但毕竟没有签约。以他的艺术造诣和高尚的职业操守，饰演我们这部新剧的男一号，应该说是当之无愧的。当然，今天我们特别邀请到艾梅莉和詹姆士两位资深表演艺术家，担纲这部新剧男女一号的B角。"

听到这种角色安排计划，在场所有人都发自内心地报以热烈的掌声。这一次，梅森没有打断大家的兴致。

出尽风头的安东尼绅士地把右手紧贴胸前，再三向全体剧组成员致谢。然后，他悄然、看似无意地走到依莎贝拉身旁，绅士地指着她身旁的座位问道："我可以坐在这里吗?"

一股男性特有的荷尔蒙气息让依莎贝拉心头一颤，让她甜蜜地回忆起第一次看到赵亚文演讲时那种少女青春期的萌动。她尽力按捺住心中的悸动，微笑着点了点头："请坐!"

安东尼向依莎贝拉友好地伸出手。

依莎贝拉大方地伸出手，轻轻握住安东尼温暖而柔软的手。

此刻，她清醒地意识到，自己这次意外获得新剧《金山魅影》女一号的角色，致使在未来的一段时间里，会和这位优秀的男人有更多的接触，包括言语交流和肢体接触。

然而，她并不知道，安东尼还是白宫拟定的"火狐计划"中重要的一枚棋子。他的真正身份是美国联邦调查局特工，擅长以男性的魅力和艺术感染力迷倒女性目标。

这部新剧《金山魅影》背后的真正导演是"火狐计划"的总负责人"猎鹰"。毫无疑问，整个歌剧的投资也从白宫的专项资金中列支。

安东尼这次执行的任务，就是借助新剧《金山魅影》的排练与演出，获得依莎贝拉的好感，进而与她建立情人关系。

第三十九章　天掉馅饼

赵亚文的实验室内，一条醒目的横幅上写着，“X9 超级天文现象探测计划倒计时 28 天”。

受到彼德的启发，赵亚文将整个计划重新调整，将工作重心放在新设备的研制开发和遴选进入国际空间站的人选上。

实验室的全体工作人员在赵亚文的带领下，正在为 X9 超级天文现象探测计划进行最后的冲刺。

赵亚文心里清楚，虽然彼德给自己提

供一个出奇制胜的解决办法，但是，这个思路同样存在需要他和团队解决的一系列难题。

比如，选派什么样的科研人员进入空间站，就让他两头为难。经验丰富的科研人员，身体健康状况达不到进入太空的标准，身体条件合格者，在天体科研方面的专业经验不足，即便上去也会耽误科研进度。

为了此事，他将一批优秀的科研骨干送到国家宇航训练中心进行培训。为了保证成功率，又增加几个人作为备选。团队负责工作的人少了，又影响了工作进度。

通过高层协调，美国航空航天局勉强同意与他的团队合作，但是，合作方能不能根据他的项目时间需求，专门进行太空发射，把自己的太空观测员送入太空，还是未知数。有时候，这也不是美国航空航天局能决定的，还要根据向太空发射宇宙飞船的自然条件确定。对一个科研人员来说，协调复杂的人际关系是他们最致命的短板，但是，现在他不得捏着鼻子去做。

这段时间赵亚文忙得焦头烂额，尽管天天向上司抱怨人手不够，但是，他也从未想过放弃。

那条悬挂在实验室正中央倒计时横幅上的数字，像催命符一样，贴在他的额头上。

今天，他正和几名助手在实验室里按照百分之一秒的速度，逐步推演观测人员升空后，如何择机跟踪天文奇观的程序，如何最有效地摄制千年一遇的天象奇观时，那部红色专线电话突然乍响。

助手接听后，示意赵亚文："您的电话。约翰·马瑟博士打来的。"

听到自己的恩师兼顶头上司打来电话，赵亚文放下手中的工作，恭敬地拿起听筒。

马瑟博士显然知道赵亚文的近况，给予他褒奖和勉励。赵亚文一边谦逊地点头，一边简洁明了地说："谢谢马瑟博士，我的身体很好。我现在没有什么奢望，只希望多派些人来，希望美国航空航天局少打些官腔。"

"让美国航空航天局的人少打官腔？怎么，受委屈了？政府官员都是那样，任何时候都是一副公事公办的腔调，别理会他们。"马瑟博士安慰他。

接着，马瑟博士给出让赵亚文满意的回复，赵亚文兴奋地点头哈腰，口中不停地说着"太感谢了，太感谢了"。

放下电话，赵亚文环顾实验室，皱了皱眉头，吩咐几位助手："这几天，我们要把实验室当成餐厅和卧室。伙计们，别抱怨，赶紧拾掇一下，马上有新伙伴来帮忙啦！"

赵亚文和助手们七手八脚地收拾实验室时，门禁铃声响起，屏幕上依次出现了两男一女三位访客。他们依次在显示屏上出示了自己的特别条形码，以此确认自己的身份。

虽然他们通过了身份验证和安全检查，但是他们是新晋员工，门卫要求赵亚文亲自到大堂办理接收手续。这是特殊科研机构的安保制度。平时，赵亚文没有时间下去接收新员工，都指派负责人力资源的助手代办。今天来的三个人，是马瑟博士派来的，再加上自己人手紧缺，他只好破例亲自迎接三位新成员。

接待大厅里，三位新成员向赵亚文走来。走在最前面的是一位成熟女性，三十岁出头，金褐色长发轻绾成的发鬏，俏皮地立在头顶。她虽然身穿深色职业装，化着淡妆，但掩盖不了她睿智的气质和性感的身材，朴素而不失妩媚气质。

不等到赵亚文开口，她第一个迎上来，主动作自我介绍："赵博士，你好！我们是马瑟博士派来协助您工作的。我叫莉莉，美国科学院工程院五部的航天计算机专业博士。按照你的要求，我是外行，希望以后您能多多关照。"

一阵令人兴奋的香气侵入赵亚文的嗅觉系统。这种特殊的香气让他产生一种性幻觉。

当赵亚文握着莉莉冰凉柔软的手时，一股莫名的感觉传遍周身，仿佛是当初第一次拉住依莎贝拉手时的那种悸动。

正当赵亚文稍稍走神时，莉莉闪身介绍后面两位：“他们都是来自美国科学院工程院二部的资深天体物理学家。这位叫欧文，德州人，我们都叫他‘小牛仔’。”

莉莉像哥们儿一样，踮着脚豪爽地拍了拍欧文的肩头。那位身形魁梧却略显羞涩的小伙子露出一口洁白整齐的牙齿，憨厚地笑着，向赵亚文伸出右手。两个男人一见如故地握了握手。

莉莉说：“这位是约翰，我的老乡。我们都来自亚利桑那州。”

约翰是黑人中年男子，沉稳而不失热情。他见赵亚文和自己年龄相仿，谦和地说道：“赵博士，很高兴认识您，也很荣幸能够加入您的团队。日后还望您多多指教!”

“莉莉?”赵亚文心头一凛，眼前这位女博士还真有几分女儿莉莉那种大方得体，又有一种掩饰不住的俏皮的神态。女儿叫莉莉，新助手也叫莉莉，难道自己前世真有一个情人叫莉莉?

赵亚文刚刚从她身上感受到的依莎贝拉的影子，又立即转移到心爱的女儿莉莉身上。只不过，这个莉莉比他的女儿大得多，又比妻子依莎贝拉年轻得多，浑身上下散发着一种成熟女性的特有魅力。

莉莉一见如故地与赵亚文交流着。她身后的“小牛仔”，在相比之下反而显得有些腼腆。约翰虽然老成，毕竟初来乍到，也有点拘谨。可以看得出来，他们之间已经很熟悉了。莉莉虽然年纪最小，却俨然是三个人中的“带头大哥”。

看到新成员如此年富力强，赵亚文不由得对恩师充满感激之情。特别是莉莉的到来，真为他解了燃眉之急。执行这次计划，如果天体物理专业技术不能与航天专业知识有机结合，一切都将功亏一篑。

更让他兴奋的是，莉莉就职于美国科学院工程院五部，那可是直接与美国航空航天局直接对接的科研部门，甚至许多项目的审核批准，也必须征得五部的认可，项目资金更需要从五部调拨。她的到来，不仅解决了他社交能力的短板，对付美国航空航天局的那些官僚，手上也多了一张王牌。

然而，赵亚文却不知道，这位年轻貌美的莉莉，也是执行“火狐计划”的重要成员。她的真实身份是美国中央情报局的特工。她拥有高超的人际关系协调能力、洞悉任何人任何需要的能力，因此她不仅能秒杀男性，还能瞬间俘获女性。也就是说，不管她在什么地方，只要有两个人，她就能处于支配和领导的位置，其他人还得心甘情愿地为她效犬马之劳。

她此次执行的任务十分特殊。

在收到此次任务指令前的一个月内，她就被告知从今日开始，禁止任何性行为。尽管她还待字闺中，但是，一旦从事这个职业，和异性上床和坐公交车没什么区别，只有目的，没有感情。上峰特意叮嘱她，自此严禁酗酒、吸食违禁品、避免电离辐射，最好不要接触电脑、电视等有辐射的电器，甚至还禁用高档化妆品。

作为美国中央情报局的特工，没有任何借口和绝对服从是不二铁律。莉莉严格执行上峰要求一个月后，才接到正式的任务。不过，这个任务的特殊性，大大出乎了她的意料。

那天早晨，她刚到办公室，就被美国中央情报局的老 K 叫到位于大楼顶层的办公室。

老 K，是下属背地里对他的称呼。他是美国著名的情报专家，表面上是美国中央情报局二把手，其实手握美国中央情报局的生杀予夺大权。

几年前，在美国中央情报局举办的特工特训班的毕业典礼上，就是老 K 给莉莉颁发了结业证书。但是，自从她正式入职美国中央情报局后，却从未见过老 K。

莉莉走进老 K 的办公室，老 K 一改往日的严峻冷酷，像邻家大叔一样与她拉家常：“莉娜（她的本名），如果你面前只有两个选择，一是继续留在前途不可限量的美国中央情报局，二是退出情报界回家相夫教子，你作何选择呢？”

莉娜被问得一头雾水，不明所以。虽然老 K 像跟她拉家常，但是，她能感觉到他的目光里隐藏着一股阴森森的寒气。她暗自思忖，难道我有什么违规行为或者犯了什么错误？大佬亲自找我谈话，看来是让我卷铺盖走人呀。

她立即站直身形，英姿飒爽地向老 K 行了一个标准的军礼，大声说：“没有任何借口，坚决服从命令！”

“好！”老 K 听到莉娜的回答后，一边笑着，一边从办公桌上拿起一个早已准备好的黑色文件夹，走到莉娜面前，认真而严肃地说：“你不愧是我的得意弟子！组织命令你，从现在开始，回家好好相夫教子。”

莉娜彻底蒙圈了。她连正式男友都没有，何谈“回家”，何谈“相夫教子”？

老 K 似乎洞悉了她心中的疑惑，将黑色文件夹递到她手中，说：“你马上执行的任务，都在这上面，自己仔细看看吧。”说完，他指了指对面的沙发。

莉娜接过黑色文件夹，转身坐到沙发上，打开黑色文件夹认真阅读。

一片几乎看不出来的红晕悄悄在她的脸颊上扩展，

并微微发烫。她不经意地用手抚摸一下脸，抬起头问道："什么时候执行?"

"明天。你在出发之前必须做好计划中提到的所有功课，包括熟悉与你同行的两位工程师的背景资料。他们也是美国中央情报局的特工，随时听候你的调遣。记住，不惜代价，没有借口，只有高质量高效能地完成任务。从现在起，你的名字叫莉莉。"

莉娜立即站起来，挺身向老 K 行军礼，朗声回答道："不惜代价，没有借口!"

莉莉此次执行的任务，就是凭借自身独有女性的魅力征服赵亚文，成为他的亲密情人，获取赵亚文和彼德的生理样本，最理想的结果是怀上赵亚文的孩子。

她和安东尼兵分两路，直指赵亚文夫妇，其核心任务是获取他们的 DNA、精子与卵子。

"火狐计划"的终极目标，就是以人工授精的方式，培育出大批能够破解人类记忆基因密码的人。

奥密伽 7 星球安全总部内，西塔正陪着西格玛监控地球上的动态。西格玛身后那个巨型显示屏上，以高清的全景视频，监控着美国航空航天局指挥中心国际空间站联络处里发生的一切。

巨型屏幕上有一行奥密伽 7 星人的文字：火狐计划。

“火狐——计划？”西格玛背着手，在几个下属面前来回踱步，嘴里反复念叨着。他像是自问自答，又像是询问下属：“这个‘火狐计划’的葫芦里，究竟卖的是什么药？”

西塔和埃它见西格玛将关注点锁定在“火狐计划”上，试图马上弄清这项计划的全部内容。只可惜，在这个情报上，他们获得的信息少之又少，还不足以支撑他们研究分析。

正当他们感到无从下手时，巨型屏幕右下角突然弹出黄色警示信号。那是一组专门监控彼德家人的信号。

在西塔计划中，就包括监控彼德和他的家人，连伊娃和伊娃的爷爷也未能幸免。当然，生活在上海的彼德祖父母、曾祖父，包括吴阿姨的一举一动，也都在奥密伽 7 星人的掌控之中。

西格玛示意属下将右下角的小视频画面切换成主屏。在主屏的分割区域内、赵亚文和依莎贝拉的监控画面下，出现了不同属性的远红外和次声场。而且，这种信号的强度远远超过普通人当量的十倍以上。

西塔马上向西格玛建议道：“可——可以——肯定的是，监控——出现异常，一定是这种超能量的信息场所——所致。我——我建议扩大对彼德一家人的监控范围，尤其要把赵亚文的工作团队和依莎贝拉的歌剧院所——所——有的成员全部列入监控范围！”

“你慢点说，孩子。”西格玛十分疼爱孙子西塔，同时他得意地举起左手弯曲的食指，对西塔的建议表示赞同。

此刻，他为西塔这么快就能根据监控信息作出准确判断感到得意，暗自为西塔的成长感到自豪。他更得意的潜台词是，自大的美利坚人啊，你们居然比我神速。不过，快不一定先得到，因为那是属于我们的东西。

想到这里，他即刻命令属下：“立即将监控范围扩大到赵亚文的实验室全部成员、依莎贝拉所在剧院的所有人，一个也不能放过！”

“是，爷爷！我会顺着彼德的信号加大监控力度和范围。只要他的信号出现，他周围的一切都将进入我们的监控范围。”

见西塔比自己想得还周全，西格玛脸上露出满意的笑容。西塔发完指令，西格玛无比放松地靠在椅子上，长长吁出一口气，心中暗自盘算：没想到，这就是美国人的“火狐计划”，这就是美国人的贪得无厌。好，很好，你们先动手吧，我们就等着上山摘桃，呵呵！

第四十章　大觉反制

西塔立即将西格玛的指令转达给科研部的首领罗他和负责奥密伽 7 星球终端数据库的首领代尔他：立即扩大对彼德的监控范围，尤其是对赵亚文和依莎贝拉的监控范围，包括他们身边所有的人员。特别要注意当彼德在任何地方、任何时候发出特殊信息时，跟踪周围那些可疑的任何信号。

然而，西塔却踫到了不大不小的麻烦。

代尔他接到西塔转发的西格玛指令后，

竟然迟迟没有任何反馈。按照惯例，只要西格玛发出指令后，所有接受指令的下属必须在第一时间作出反馈，至少应该通过对讲视频，伸出左手弯曲的食指示服从。

对面如此藐视西格玛权威的行为，西塔再次向代尔他转发西格玛的指令。代尔他终于一脸茫然地出现在对讲视频的窗口：“尊敬的西格玛先生，有何指令？”

“刚才我让西塔给你发出的两道指令，难道你没有收到？”西格玛强压怒火问道。

“哦，哦——尊敬的西格玛先生，我也是刚刚收到这条指令。”西塔已经学会借助西格玛的威望笼络人心，改用亲和的口气说道，“我再次向您转告，必须扩大对彼德的监控范围，包括他父母身边所有可疑的人。”

“西塔兄弟，我这里承担着比其他部门更多的信息处理职能，再加上能源不稳定，存储海量数据的超大型计算机动不动就瘫痪，能保持正常运转就已经万幸了。你已经看到了，就连刚才您转发的西格玛将军的指令，我都没有及时收到。西格玛将军肯定要追责的，麻烦您代我向他解释。另外，我觉得有必要让西格玛将军知道这里的现况，只要我运行任何程序，都可能导致设备死机，或者大面积瘫痪。”

“既然如此，暂时就不要存储监控信息，你们随时进行实时监控。”西格玛听到代尔他的解释后，立即给出相应的指令。然而，这意味着他的下属在监控时，连眼皮子都不能眨一下。那些稍纵即逝的监控信息无法存储，万一遗漏，谁也承担不起这个责任。

代尔他一时语塞。

“代尔他那里承担的任务不轻，眼下必须让他全力维持奥密伽 7 星球终端数据库的正常运转，我替他进行实时监控吧。”西塔自告奋勇地替代尔他承担任务。他这样做，已经不是简单地笼络人心了，而是想用自己的行动，在西格玛和同僚面前做出实实在在的表现。

北京中关村。

设在地下的候风灵动仪，最近频繁地报警。这一天竟然连续十多次报警。“大觉计划”专家组的负责人李国挚连夜将这种情况上报给杨院长，建议就此情况紧急召开第二次专家联席会议。

北京西山，“大觉计划”专家组驻地。

西山处于太行山北端的余脉，从西方遥遥拱卫着北京城。

秋季是西山最美丽的季节，峰岭连绵，重峦叠嶂，层林尽染，烟光岚影，宛如腾蛟起蟒。

通过地下百米秘密隧道才能抵达的穹顶下的“巽坤厅”会议室内，已经人头攒动。

今天，仍然由李国挚主持会议。不过，今天与会者济济一堂，显然是扩大了参会人员范围。

李国挚将新邀请来的几位专家向院领导、吴岳和各位专家介绍："各位领导，各位专家，根据上级的指示，今天我们特别邀请到几位新成员加入'大觉计划'，让我给大家介绍一下。"他指着坐在会议桌右侧的两位白发苍苍的女教授说，"这两位是中国科学院古人类研究所的人类遗传学专家张青莲教授和欧阳智教授，二位都是不让须眉的巾帼英雄啊！"

两位端庄慈祥的祖母级教授，微笑着向吴岳和其他与会人员点头致意。

李国挚指着两位祖母级教授的右手边，继续向各位介绍："这位是卫秉国教授，中国科学院生命科学研究所首席研究员；在他右手边的两位，依次是中国科学院计算机网络信息中心高级工程师邱辉晨和杜丽丽，他们是我国成功发射'墨子号'量子卫星科研项目的骨干专家。"

几位专家同样微笑着向在场所有人致意后，现场响起一阵热烈掌声。

介绍完与会的各位嘉宾，李国挚用目光请示杨院长。得到肯定回复后，他清了清嗓子说道："各位，'大觉计划'专家组最近连续收到大量的警情，具体情况请杨院长给大家作详细介绍。”

杨院长打开面前的微型话筒，抛出一条令人吃惊的信息：“各位专家，根据我们目前搜集到的情报来看，有关记忆遗传基因密码的问题，已经引起很多国家科学团队的重视。竞争形势的严峻性和残酷性，远远超出我们的想象。同样，这也不是我们这个专业领域能应付的问题，所以，我们特别请来计算机网络信息专家和人类遗传学专家，帮助我们把近期搜集到信息做了一个梳理。下面，请各位专家观看候风灵动仪记录下的信息和我们的初步解读。当然，还有国安系统给我们发来的最新动态。”

会议室的背景墙上设有一个超大 LED 高清显示屏，不需要调节室内亮度。开启后，与会人员可以看到候风灵动仪记录的前后几次信号强度的对比，同时也可以看到近期反常信号的复杂程度。

当画面上出现一组特别明显的信号波形图时，李国挚选择定格，并向专家们解释道：“各位，从这两组不同的波形图的比对可以看出，上面出现的波形是我们早些时候记录下来的，这种波形频率的波峰虽然奇特，但是比较清晰。它向我们传达了两个信息：一是这种波形已经超出了常人的脑电波，它的波峰频率高达一千赫兹以上，而常人顶多只有一百赫兹。显然，这种脑电波的活跃度已经超出常人十倍了；二是从这两组波形的线条来看，第一组很单纯，几乎看不出信号以外的干扰波，而最近我们记录的信号却在这条主线的周围，出现了大量类似缠绕的波形。目前我们还不能判断这种缠绕波形来自何处，但是可以肯定的是，拥有这种超常记忆脑电波的人已经不止一个，而是一群，或者是先前那个拥有超常记忆能力的人周围，已经出现更多的关注者，这才导致波形线条重叠交错。请大家再仔细听一下。”

李国挚将音频文件倒回一部分，将音量调得更大，与会人员可以清楚地听到一种奇特的声音伴随着那些诡异的波形。

那种声音以高速的频率发出高低变化极其强烈的音节，听起来像是一阵强风吹过树梢，但是，其中却夹杂着一种恐怖的鸟类鸣叫声。

“停一下！”欧阳智教授向李国挚示意。同时，她对这种奇异的背景声提出了自己的判断，“这种背景声音听起来像远古时期人类还没有形成语言，相互交流时发出的一种嘶鸣和啸叫，但是，这种音节高低的强烈变化和音节间的超高频率，却是极其罕见的。”

欧阳智说完，用征询的目光望着身边的张青莲教授。张教授点了点头，表示同意她的推断。

欧阳智向李国挚提出：“如果方便的话，将这段音频给我们拷贝一份，我们带回去对照古人类音频资料，作进一步的判断。”

这两位资深人类遗传学专家的推测，引起与会者的联想。

“难道，我们的祖先也穿越到这个世界，关注起彼德来了?”计算机网络信息中心高级工程师杜丽丽借助欧阳教授的推断提出疑问。

“一切皆有可能啊!”听到杜丽丽提出的疑问，吴岳微笑说，“当今世界上，只要存在科学不能解读的现象，我们就不能贸然否定。再说了，最新研究成果表明，这个广袤的宇宙中可能存在另一个平行世界。也就是说，我们看到的、触摸到的一切，也许在另外一个时空里，也同样存在，只不过比我们早了或者晚了若干年甚至若干世纪。”

吴岳的一番言论，让在座所有人产生浓厚的兴趣，迫切想让吴岳继续“插播”下去。

吴岳知道自己的“插播”偏离了今天的议题，他微笑着向各位说道：“这个话题我们另找时间议论吧。言归正传，国挚，你让大家接着看下面的视频吧。”

李国挚用遥控器切换了一个画面，这是国家安全保卫部门发来的一份绝密信息。信息称，已经截获美国中央情报局和美国联邦调查局的两份绝密通信，因为对方采用了高级的加密手段，具体内容尚未完全破译，但是，这两份通信的内容核心肯定指向一个目标，且与“大觉计划”有关，请“大觉计划”科研组成员警惕。

正当李国挚准备对此进行进一步解释时，突然，超清晰的LED显示屏上出现了一片刺眼的“白屏”，和“黑屏”一样，让观看者什么都看不清楚。但是，这种光射强度却足以让观看者的眼睛暂时失去视觉功能。

与会者都被突如其来的强光晃蒙了，有的闭上眼睛，试图避免眼睛受伤；有的用手轻轻揉着眼睛，试图通过按摩，缓解眼睛受到的刺激。

然而，让所有人大惑不解的是，开会的地点在地下数百米，对外采取种种高强度的隔离措施，连接LED屏上的信号源也是绝对机密的，所以，这种意外绝对不会是外界干扰所致。

一时间，这种不可能出现的现象，成为与会者的讨论话题。

吴岳自言自语地说：“看来我们今后开会要另选地方了。”

吴岳的提示，绝不是空穴来风。因为他作为候风灵动仪的发明者，深知异常思维的脑电波具有超强的穿透能力，以至于这种信号的速度，可以在瞬间抵达宇宙的任何地方。所以，即便那台候风灵动仪安放在地下几十米深处，也能监测到世界任何地方，甚至太空中任何星球出现的有思维能力的生物脑电波。事实上，这台监测仪器也是根据这个原理发明与制造的。

显然，与会者的思维异动还不足以穿透处在地下几百米深、且加装特殊屏蔽设施的保密会议室，所以，刚才出现的“白屏”现象，肯定是被某些外部因素干扰了。

如果说，这是美国中央情报局或美国联邦调查局出于对自身绝密信息的保护而发出的干扰，那就有点高估他们了。

奥密伽 7 星球安全总部，西格玛和下属仍旧严密监视着地球人的一举一动。在地球上，疑似人类记忆基因密码被破解的事件，从发现到现在，已经好几个月了，但是对于奥密伽 7 星人而言，还不到一个小时。刚才，“大觉计划”科研组研究美国中央情报局和美国联邦调查局的绝密信息时，立即受到奇怪信号干扰，正是奥密伽 7 星人所为。

虽然，他们不知道北京方面已经截获了美国中央情报局和美国联邦调查局的相关信息，但是，在西格玛“放长线，钓大鱼”的策略中，西塔已经对所有与彼德有关的人、信号进行了编码、贴上标签并且加密，进行实时监控。也就是说，不管美国方面通过什么手段获取关于彼德超强记忆能力的信息，奥密伽 7 星人都会第一时间获悉，并且会以加密的手段阻止美国方面破译。美国人方面只能是“替他人做嫁衣裳”，让奥密伽 7 星人坐收渔利。

“大觉计划”科研组的会议继续进行，只不过经过吴岳的提示，工作人员已经通知保密控制中心启动代号 LZ – B99 的全新保密措施。此时，会议室已经被量子波覆盖，阻断任何外部信号进入会议室，同时防止会议室内任何信息外泄。

此时，坐在会议室一角代号 A3 的官员说话了。他是“大觉计划”的特派员，直接领导着以杨院长为首包括吴岳在内的记忆专家团队，协调与该计划相关的其他专家，并直接对中央主管部门负责。凭他的代号可知，他仅仅是第三号人物，他上面还有更高级别的领导负责此事。

A3 没有借助 LED 高清显示屏演示，只是采用口头陈述的方法传达。他这样做，一是担心刚才的事情重演，二是说明他要传达的信息保密级别更高。

A3 面色凝重地说道：“现在的情况已经不能简单地

用‘复杂’形容了，也不是一般的‘严峻’，可以说是一种迫在眉睫的‘危急’。

“虽然到目前为止，我们还没有完全破译美国中央情报局和美国联邦调查局的绝密信件，但是，据我们情报部门提供的可靠线报，在彼德父母身边已经发现了可疑信号和一种特殊信息磁场。可以肯定的是，这种可疑信号的背后存在极其复杂的背景。这种背景绝不单单来自地球上某个政府，甚至有理由推测，它可能在地球之外。”

A3 说到这里，停顿一下，扫视一遍所有与会者，像在观察大家的反应，也像斟酌着如何继续传达这个惊人的信息。

见在座的人都在期待他继续讲下去，他抛出自己的进一步分析与判断：“如果这个线报准确无误，他们的企图就十分明确了，和我们‘大觉计划’中的 DNA3 计划不谋而合。我们必须抢在他们前面推进‘大觉计划’中的 DNA3 计划，必须采取有效手段阻止甚至毁灭他们的企图！”

“大觉计划”中的 DNA3 计划，是在上次会议中经专家组讨论后制定的子计划——将彼德作为产生这些奇异信息的源头，对其跟踪、研究的同时，将彼德父母等直系亲属、包括有血脉关系的祖父母、外祖父母、曾祖父列入 DNA 及记忆脑电波的采集对象。

对照 DNA3 计划，A3 的讲话让与会者额头渗出一层冷汗。难道美国方面也准备如此追踪吗？正当与会者在小范围交流时，张青莲和欧阳智也相互交流了几句。

然后，欧阳智教授向李国挚示意自己要发言时，李国挚立即同意。

欧阳智慢条斯理地说道：“为了研究古人类在记忆方面的发展进程，我们所最近研发出一台红外光谱记忆测试仪。这台红外光谱测试仪最大的特点，就是在不破坏测试体，不抽取测试体的任何组织的条件下，仅根据测试体不同的思维状态产生的红外光谱，就可以识别其记忆的相关数据了。

“举个简单的例子。当一个人急于想起什么时，常常急得满头大汗。这就说明，当人们在剧烈思考时，大脑部位的热度会明显高于平时。记忆超常者的大脑与普通人的大脑不同之处就在于，他的大脑活跃程度远远高于普通人。因此，他们大脑运转时所产生的红外光谱也会高于普遍人。

“用我们专业术语表述就是：当我们让一束具有连续波长的红外光通过某种物质，这种物质分子中某个基团的振动频率或转动频率和红外光的频率一样时，分子吸收的能量就由原来的基态振动能量级提升到能量较高的动态振动能量级，分子吸收红外辐射后发生振动和动态能量级的提升，该处波长的光就被物质吸收。所以，红外光谱法实质上是一种鉴别化合物的分析方法，它根据分子内部原子间的相对振动和分子转动等信息来确定不同的分子结构，并将这种分子吸收红外光的情况用仪器记录下来，就得到红外光谱记忆测试的各种数据了。”

欧阳智的发言至少为“大觉计划”提供了一个新思路与新手段，可以更有效地获取彼德及其亲属有关记忆遗传方面的更多信息，具有极其重要的参考价值和更便利的操作性。

她的发言引起在座所有人的关注。隔行如隔山，科技发明与创新，只有打破既有的专业门户界限，多学科融合，才有可能催生新的思维与技术。对这个话题最为关注的人，应该是吴岳，他与二位约定，会后一起进行专题探讨。当然，张青莲和欧阳智也想找个时间聆听吴岳关于“宇宙间平行世界”的原理，所以三人一拍即合。

邱辉晨和杜丽丽一阵耳语后，也由杜丽丽提出一个令人刮目相看的建议：“想要抢在美国人之前实施我们的‘大觉计划’中的‘DNA3 计划’，直接交锋肯定不行。在三十六计中有一计叫‘围魏救赵’，用在‘大觉计划’中虽然不一定贴切，但具有十分可行的参考价值。”

听完杜丽丽的建议，A3 立即表示：“这个建议可行，适合于当下的形势，也有利于让我们尽快从纷繁复杂的纠葛中跳出来，有效地推进‘大觉计划’。当然，具体如何实施，还需要进一步细化。各位在明天会收到详细的行动计划和指令，请将自己的日程表设定为待命状态。”

针对美国中央情报局和美国联邦调查局的介入，“大觉计划”中“围魏救赵”等系列计划全面启动……

第四十一章　中埃联手

埃及开罗机场。

“大觉计划”科研组成员A3、李国挚、欧阳智、杜丽丽和随团翻译朱慧从埃航777商务舱走下舷梯，直接登上一辆摆渡车，驶入机场贵宾通道。

埃及古迹委员会主席乌纳斯法老和凯恩教授早在出口迎候。双方见面后，相互致以礼节性的寒暄后，分乘三辆“埃及艳后”豪华礼宾车绝尘而去。

此次埃及之行，是“大觉计划”刚刚追加的重要任务——远交近攻。这是继上次西山会议后，李国挚每隔1小时就向A3汇报候风灵动仪的报警信息。警情频传，让A3不得不抓紧推进“大觉计划”中的“围魏救赵”方案。

增补埃及的“远交近攻”计划，则完全是偶然的发现，也可以说是上苍的眷顾。

每天早晨上班后，A3要做的第一件事，就是打开电脑，习惯性地浏览英文网站。

在联合国教科文组织官方网站上，一条毫不起眼的新闻引起他的高度关注。

这条新闻从保护世界文化遗产的角度切入，报道了最近发生在埃及胡夫金字塔内的一起离奇命案。

报道称，在被联合国教科文组织列入《世界文化遗产名录》的埃及胡夫金字塔的墓道内，一名开罗大学电子通信声呐专业博士生离奇丧命。

据警方证实，这名博士生进入胡夫金字塔墓道内，因植入心脏的起搏器遭受不明强磁场或强电磁波的刺激而不幸殒命。

这篇报道特别强调，为了保护胡夫金字塔，当地政府从申遗那天起就承诺，胡夫金字塔的墓道不再对公众开放。那么，这名博士生是如何进入胡夫金字塔的呢？

又是什么强大的电磁波或强磁场导致他不幸丧命呢?

这篇报道还援引了联合国教科文组织一位官员的话。“……近期率团赴埃及胡夫金字塔进行实地考察，并建议当地政府在没有查清事故原因之前，立即关闭墓道，以免类似事故再次发生”。

顺着这条线索，A3立即检索到埃及开罗旅游局的官方网站，再次得到证实，在胡夫金字塔内，果真有一位声呐专业博士生离奇丧命。

媒体不经意间的两条报道，让A3心中产生一系列疑问:

首先，这位声呐专业的博士进入金字塔干什么?是不是埃及方面在金字塔内发现了什么?

其次，金字塔是世界级物质文化遗产，一般人不可能进入。即便进入，也将受到极其严格的安保检查。博士生被人为谋杀的可能性不大。即使是被人谋杀，杀人动机又是什么呢?当然，这位也可能死于某种偶然，但这种可能性应该很小。

习惯于用放射性思维考虑分析问题的A3，被两则新闻中存在的蹊跷引发了联想:

强大的电磁波或强磁场导致他不幸丧命?

发生在常人难以进入的胡夫金字塔的墓道内?

会不会与美国方面的关注点，甚至候风灵动仪的关注点重合呢？

看来，年轻的博士在胡夫金字塔内离奇丧命绝非孤立事件，一定与某种奇怪的信号有极大的关联。

现在各种力量彼此较劲，一招不慎就会遗憾千年。既然杜丽丽建议“围魏救赵”，自己为何不能也来个“远交近攻”呢？他立即联系埃及胡夫金字塔管理处，了解具体情况，看看有没有必要亲自走一趟。

这是A3在“大觉计划”中增设的一个子计划——远交近攻。这种远与近，并不是地理位置上的远与近，而是基于外交关系和历史文化渊源方面的远与近。事实上，中国与埃及同为东方文明古国，在历史、文化、价值观等方面有许多历史共性。

A3把这些分析和构想，向主管领导A2作了汇报，得到的回复是，“立即联系中国驻埃及大使馆，请他们与当地管理部门取得联系，想尽一切办法得到对金字塔进行科研考察的授权”。

中国驻埃及大使馆收到国内的一封紧急密电后，通过特别外交渠道，开诚布公地向埃及有关部门提出合作请求：

惊悉在贵国金字塔内，一位博士因受到不明电磁波或磁场干扰，以致其英年早逝，对此我方深表哀痛。近期我方也探测到来源不明的各种声波、次声波、电磁波和生物脑电波，基于国家安全和共享人类未来科技共同发展成果原则，真诚希望与贵国科研单位联手，分享信息，共享成果。

果不其然，正当科研精英史瑞夫意外身亡、埃及方面因为不能破译金字塔内的神秘信号一筹莫展、探测追踪项目濒临夭折的情况下，中方提出的合作意向不啻救命稻草，埃及方面立即发出邀请“大觉计划”科研组赶赴埃及，共商合作大计。

埃及方面决定由凯恩教授负责陪同，将中方五位专家带到胡夫金字塔墓道内，进行实地考察，然后具体会商。

虽然已是深秋，但骄阳的淫威丝毫不减。当直升机在胡夫金字塔旁的帐篷边徐徐降落后，机舱门打开，阵阵热浪扑面而来。双脚踏上埃及的大漠，最直接的感觉就是踩在炙热的地毯上。

在凯恩教授的引领下，一行人来到工作营地。这里是由三个大小不等的帐篷组成的“门”字形办公区，中间一顶大帐篷就是凯恩教授的办公室、会议室兼卧室。两旁分别有两个稍小一点的帐篷，像是中国传统四合院的两间耳房，分别是凯恩教授助手的办公室兼卧室，一个住男生，一个住女生。

A3 带着科研小组成员走进中间的大帐篷，在一张会议桌前落座。这里不但有现代化的办公设施，还有依靠顶部太阳能和沙漠昼夜温差提供新型绿色能源。空气调节系统一天 24 小时送出清新凉风，以消除大漠深处的燥热。

萨曼莎和伊恩为 A3 等人分别沏上一杯清茶，这是他们为招待中国专家精心准备的。至于这种中国茶水进入胡夫金字塔后会不会也像咖啡一样变得更加香醇美味，他们也悄悄地商量好了，有机会一定试一试。

在会议室内，凯恩教授简要地介绍了金字塔管理员艾塞亚第一次在金字塔内发现奇怪信号、他如何接受埃及古迹委员会主席乌纳斯法老和一位神秘人物的委托到这里安营扎寨，安装监测设备对神秘信号进行跟踪监测的过程。

“我从相关报道中获悉，联合国教科文组织遗产保护司的官员建议你们立即关闭胡夫金字塔墓道，还要组织有关人员到这里进行实地检查。咱们现在进入胡夫金字塔墓道，会有什么负面影响吗？”A3 用流畅的英语向凯恩教授询问，但是对方却一脸茫然。

凯恩教授不知道 A3 询问什么，情急下用阿拉伯语对中方翻译朱慧说：“对不起，请告诉这位先生，我的英语实在太烂，请您帮助翻译一下吧。”

好在朱慧精通英语，直接把 A3 的话翻译成阿拉伯语。

得知 A3 担心的问题，凯恩教授微笑着回答道：“从某种意义上讲，我们这么做才是保护胡夫金字塔的最好方式。当然，我们绝对不希望史瑞夫的悲剧再现。”

当凯恩教授说到最后一句话时，情绪突然低落。看来史瑞夫离奇丧命的话题，再次触及他内心的负疚感。

“我们之所以想进去，就是想了解一下你们在墓道里进行了哪些监测工作。”A3 故意转移话题，将他最关心的事情挑明，摆到桌面上。

“具体使用什么设备，这些设备的性能，过会儿我们进入墓道后，我再为各位详细介绍。”凯恩教授说到这里，话锋一转，说出埃方此次接待中国科研小组的核心诉求，“感谢伟大的太阳神！让我们友好的中国客人在这个关键时刻到访。我相信，你们也会带来候风灵动仪记录下的各种数据和信息，我想我们可以分享并比对。我希望，适当的时候也能得到你们的邀请，到贵国进行实地考察。”

A3 认真倾听凯恩教授的介绍，被凯恩教授的坦诚、专业与敬业打动，真诚地回应道：“感谢贵方的热情接待，更感谢您毫无保留地介绍了贵方监测方面的详细情况。我十分期待早日在北京见到你们。我回去后，会立即为你们的中国之行请示上级批准。”

其实，A3想尽快进入胡夫金字塔墓道，对各种监测设备和监测数据有更详尽的了解。对于埃及金字塔的各种神秘传说，他也早有知晓，只不过一直没有机会领略其真正的风采。

不过，他并没有表现出自己的急迫性，礼貌性地向凯恩教授表示，什么时候进入墓道实地考察，客随主便。

凯恩教授当然知道，中国人办事非常注重效能和效率，于是爽快地说：“如果您觉得身体允许，那就跟随萨曼莎和伊恩到隔壁的帐篷内进行必要的消毒、除尘，换上特制的工作服，然后我们一同进入墓道。”

大帐篷右侧有一个小帐篷，名义上是给女生准备的，其实是为萨曼莎一个人准备的。但是，这里也专门辟出一间风动净化更衣室。A3等人按照萨曼莎的提示，依次进入飞艇模样的舱内后，四周立即产生强烈的吸尘气流。这种气流能精确地按照每个人的高矮胖瘦，分别对鞋底、头部、手部等容易沾染灰尘的部位进行重点处理。

处理完灰尘，他们再进入下一个舱体。略带消毒气味的细微的雾状物，把整个人包裹。稍后，一阵柔和的暖风对他们全身进行风动烘干。

当他们走出舱门时，每个人都感觉神清气爽。

A3 一行人来自中国，而且要进入禁止一般游客无法达到的地方。为了确保不将一丝一毫的病毒、病菌以及其他生物因子带入墓道，他们在进入墓道前，必须接受如此严格的多环节消毒程序。

A3 等人穿上一次性防尘工作服，跟随凯恩教授进入他们期盼已久的胡夫金字塔内。

在进入墓道之前，凯恩教授好像突然想起什么，拦住 A3 等人："各位，请稍等。请问你们当中有佩戴心脏起搏器的吗？"

他这么一问，让 A3 意识到，那位离奇丧命的博士，可能是因为佩戴心脏起搏器才导致罹难的。

他们认真地回答："没有。"

接下来凯恩教授的解释，让他们更疑惑了："我之所以强调这个，是因为那些奇怪的信号在墓道内会变得特别强烈，会对类似心脏起搏器等精密仪器产生干扰，甚至有毁灭性的破坏。"

说到起搏器，凯恩教授又想起得意弟子史瑞夫意外身亡的惨相，眼圈一下子就湿润了。他竭力掩饰着自己的失态，努力地微笑一下，对 A3 等人说："请跟我来。"

胡夫金字塔管理员艾塞亚带领他们来到位于北坡第十三级石阶的墓道入口处。A3 注意到，这里距地面约二十米高，入口处有一个由四块巨大的石板构成的“人”字形拱门。再往里走，就是一条约百米长直达墓室的坡状隧道。

跟随艾塞亚和凯恩教授进入墓道后，A3 的第一感觉，就是这里比帐篷里的空调制造出来的凉爽，更加舒适宜人。这里不但没有地下的潮湿和千年尘封的味道，相反还有富含氧离子的优质空气。A3 等人不由自主地深深吸了几口。

沿着墓道走进主墓室，眼前的一幕让 A3 等人肃然起敬。墓室内摆放着一具抛光的深褐色大理石石棺，但棺盖不知去向，棺内空空。

一路走来，凯恩教授指着安装在墓道壁上和地上等不同位置的检测仪器，告诉 A3 等人：“这些安装声呐监测仪器和无线电波接收装置的地方，都是奇怪信号强烈区域。”

李国挚仔细察看了部分声呐监控仪器的品牌与型号，以他的多年积累的专业经验可以判断，这些仪器都属于世界一流产品。北京那台候风灵动仪上，也安装了类似的仪器与部件。

他们登上墓室上方，来到第 5 层房间中的最高一层，站在塔尖顶部的下方，仅凭自然听力就能清晰地听到一阵阵奇怪的蜂鸣声。

“在这里，我们每天 24 小时不间断地监听，但是，有时一整天也收不到一点信号。不过，各位今天运气好，大家听到了吧，就是这种奇怪的信号。”

A3 驻足聆听，果然听到一种奇异的高频电波声中夹杂着忽高忽低的蜂鸣声，尤其身处墓室之内时，这种陌生而诡异的声音让人感到毛骨悚然。

凯恩教授一边介绍，一边顺手拉出声呐监控仪中的记录纸带，指着记录纸带上奇特的波形说：“我们目前有两个最大的困惑。第一，如何尽快确定这是一种什么信号，是无线电波，还是其他语音？第二，也是急需得到的答案。如果这是一种语言，它来自哪个国家哪个民族；如果来自外太空，如何破译。”

朱慧一边认真而敬业地为宾主进行翻译，一边专业地在笔记本上迅速记录。这位毕业于北京外国语学院阿拉伯语专业的硕士生，毕业后曾经在开罗大学进修过两年阿拉伯历史，并获得博士学位，也算是凯恩教授的校友了。

突然，她的胸前发出爆裂声，“啪”地一下，一团蓝色火焰化作刺鼻的浓烟弥漫开来。她惨叫一声，手捂着胸口，慢慢地倒下去。

一旁具有医学专业知识的萨曼莎立即俯下身子，对朱慧进行检视。她迅速而专业地清除朱慧胸前的创口时，发现爆炸源竟然是朱慧胸前的一支高级录音笔。她拿起残破的录音笔递给凯恩教授，然后解开朱慧的领口，摸了摸颈动脉，发现脉搏已经极其微弱。再翻看瞳孔，已经逐渐扩大。

但是，她还是毫不犹豫地把朱慧放平，对她施行人工心肺复苏。经过半天的努力，最后她遗憾地对众人摇了摇头。

短短几天内，两位优秀的博士均受到奇怪信号的袭击。一个结束了生命，一个生死未卜。痛苦、羞愧、愤怒顿时让凯恩教授难以平静。

经历各种残酷场面的 A3，面对眼前突如其来的一幕，也有点不知所措。他想向凯恩教授询问朱慧受伤的原因，可是一开口却发现，他们之间根本无法交流。在这个以阿拉伯语为官方语言的国度，用中文与其交流只能是鸡同鸭讲。英语，已经证明行不通了。随团的唯一翻译，已经生命垂危了。

好在有过类似的遭遇，凯恩教授没有慌乱，立即命令萨曼莎拨打急救电话，同时命令伊恩："请学校立即派一名学习阿拉伯语的中国留学生。"

"我们先撤出去吧。"凯恩教授用不太熟练的英语向 A3 建议。

安排完毕之后，凯恩教授才意识到手上握着一支烧焦的录音笔。这是索尼牌迷你录音笔，型号已经分辨不清。看得出来，这是非常专业的高清降噪录音笔，可以清晰地录下半径30米范围内的细微声音。显然，那个超强的诡异信号，经过这个录音笔放大后，超过了它的承受范围而引发爆炸。朱慧将这支录音笔放在离心脏最近的衣袋里，才导致悲剧发生。

出师不利先折将，A3无奈地长叹一声。他虽然是经历过各种大场面的军人，但是，此刻也有拔剑茫然四顾的感觉。自己面对的对手究竟是谁？未来还要面对哪些不为人知的挑战？

他们当然不知道，他们的对手太强大了，而且他们在明处，对手却在暗处。

第四十二章　再遭意外

精挑细选的随行翻译还没有开始工作，就遭遇不测，让 A3 无法压抑心中那股无名的怒火。

作为身经百战的军人，此刻他却不知道对手是谁，在哪里。他感觉有一股强大的力量，在冥冥中窥视着自己，并且已经对自己发出警示，随时会发动致命一击。

朱慧遭遇意外，导致 A3 与凯恩教授无法无障碍沟通。A3 可以流利地使用英语，但凯恩教授好像只限于几个简单的英语日常用语。凯恩教授能自如地使用西班牙语和法语，A3对这两种语言又一窍不通。

就在一刹那间，A3脑海里突然冒出一个连自己都觉得诡异的念头。如果“大觉计划”科研组这次能找到彼德体内的记忆遗传基因密码，他首先要做的，就是消除与凯恩教授的沟通障碍。

一阵巨大的飞机引擎轰鸣声打断了A3的思绪。没等他说什么，凯恩教授已经指挥助手抬起朱慧向墓道外跑去。他们刚到地面，一架涂有红十字标志的银白色救护直升机稳稳地停在伊恩设置的警示标志前。机舱门打开，几个专业医护人员推着担架车跑出来。

萨曼莎具有医疗专业技能，想承担护送朱慧的任务。她回头看了一眼凯恩教授。凯恩教授指了指直升机，默许她随机前往。

突然，她好像想到什么，犹豫地停下脚步。

正在此时，一架涂有开罗大学校徽的黄色直升机也缓缓降落下来。

舷梯放下，走下来一位身材颀长、长发披肩的漂亮的中国姑娘。她就是应凯恩教授要求，开罗大学派来的中文翻译。

见到这位漂亮的东方美女，聪明的萨曼莎马上想到自己正在发愁的事。她立即上前一步，用阿拉伯语问道：

“你会汉语吗?”

对方马上用阿拉伯语回答道：“我就是学校派来给中国贵宾当翻译的，我叫——”

长发姑娘刚想和萨曼莎握手并作自我介绍，却被萨曼莎拉到另一架直升机前。

刚下飞机的美女翻译顿时心生疑惑，自己刚下飞机，怎么还要上飞机？她看了看眼前的直升机，从醒目的红十字图标就可以看出，这是一架救护直升机，瞬间她似乎明白了萨曼莎的意图。

A3 正庆幸可以和凯恩教授顺利交流时，没想到萨曼莎却将这位中国姑娘拉上另外一架飞机，便急忙用英语朝萨曼莎喊道：“Wait a moment.”（等一下。）

凯恩教授明白萨曼莎的意图，也明白 A3 的想法，但更清楚此刻救人是第一要务。萨曼莎一定是担心朱慧与当地医生无法交流，才鲁莽地做出这种冒失举动来。

但是，转瞬间凯恩教授意识到，朱慧也精通阿拉伯语，如果她不清醒，萨曼莎可以向医生描述事发时的具体情况。如果朱慧清醒过来，她和医生描述病情完全没有问题。于是，他阻止道：“你自己去就可以了!”

萨曼莎被凯恩教授点醒，马上意识到朱慧就是高级翻译。她松开女孩的手，说了句“对不起”，转身登上飞机。

那个中国女孩不知所措时，A3 和凯恩教授面带微笑，不约而同地向她走过来。

她落落大方地先向 A3 伸出手，用略带南方口音的普通话自我介绍道：“你好，我叫康华，叫我康康好了。你们刚从中国来吧？”

“你好，很高兴认识你！”A3 刚想说出自己的真实姓名，突然意识到自己多年来一直使用各种代号，真名实姓已经成为只有少数人知道的秘密。她是自己的同胞，日后还要与自己共事，如果自己连名字都不说，明显有失礼节。

但他转念一想，自己在秘密部门工作多年，各种铁的组织纪律，任何人在任何情况下也不能越雷池一步。他的犹豫，让康华不自然地浑身上下看了看自己，并没有发现有不正常的地方。

难道自己的表情不对？今天康华来此之前，正准备下午的博士论文答辩，却突然接到导师通知，一个中国科研小组到埃及执行重要任务，急需一名翻译，院方派她前往。导师强调，这是埃及高层指令，不能拒绝，答辩改期。

正当康华和 A3 尴尬地对视时，凯恩教授走到康华身边，热情地伸出手，用阿拉伯语说道：“我叫凯恩，和你是校友。谢谢你能来帮助我们！”

凯恩教授的热情，打破了尴尬的局面。他指着 A3 介绍道：“这位是我们邀请来的中国客人，到此执行特殊任务，你就叫他 A3 吧。”

顿时，康华似乎明白了什么。她谦恭地用阿拉伯语向凯恩教授做自我介绍：“我的阿拉伯语名字叫萨曼莎，来自中国，埃及大学阿拉伯语专业博士研究生在读。很高兴认识你，凯恩教授。”

听到这个熟悉的名字，凯恩教授心中莞尔。哦，又一个中国版的美丽的萨曼莎。

另一个吃惊的人，则是伊恩。萨曼莎，萨曼莎……他在潜意识中，马上将两个萨曼莎进行全方位的对比。

这段时间以来，他心里一直默念着这个名字，甚至在梦中也挥之不去。现在，这里又来了一位萨曼莎？他下意识地深吸一口气，立即闻到一股熟悉的清香味道。难道，她们都喜欢使用同一品牌的化妆品？这个萨曼莎身上散发出来的气息，竟然和自己女友身上那种气息如此相似。

康华根本不知道自己的阿拉伯名字会让眼前几个埃及男人产生联想。当然，她也不知道此前这里发生过什么。凭她刚下飞机就遇到反常理的事情，可以觉察到，现场所有人似乎都陷入某种困顿中。

见所有人表情凝重，心事重重，于是她鼓起勇气问

A3：“A3 先生，现在有什么需要我做的吗？”

她的话将 A3 的思绪拉回工作模式中。

他没有想好让康华做什么，王顾左右而言他：“侬上海宁？”

“是格呀，阿拉上海宁。”康华几乎是下意识地也用上海话回答 A3。

乡音似乎具有一种特殊的魔力。尤其在异国他乡遇到乡人、听到乡音，都倍感亲切。

在场的中国人也听不懂他们在说什么，唯有老上海李国挚，知道 A3 与康华在寒暄。

看到 A3 和康华聊得如此投机，凯恩教授不好意思地用阿拉伯语插话。他对康华说：“麻烦你问问他，我们现在是回到墓室继续考察，还是回到会议室商量一下？”

康华如实作出翻译。

A3 见凯恩教授等待自己的回答，他想征求几位属下的想法。

他看了一眼属下，他们好像也没有完全缓过神来，于是想转移他们的注意力，热情地向康华介绍道：“这几位是我们的专家学者。这位是李国挚教授，这位是欧阳智教授，这位是杜丽丽工程师……”

出于纪律要求，A3 隐瞒了他们的真实身份，只介绍他们的名字和职称。康华热情地和他们一一握手。

杜丽丽却显得很平静，好像她对刚才发生的一切早有预感似的。

杜丽丽对促成此行有很大关系，或者说，是受她的影响和启示。在 A3 印象中，凡事她都有独到的见解。于是，A3 的目光在她身上停留片刻后，转身问李国挚："你们的意见呢？"

李国挚不置可否地摇了摇头。他把大部分心思都花在仕途的追求上，对于这类突然事件的处理，自然显得特别低智商。

欧阳智是典型的学者，处理专业外的棘手事件自然不是长项。现在她唯一能想到的是，考察计划可能会受到影响了。

"在没有查明原因之前，我建议咱们暂时不要进入墓道。"杜丽丽直接说出了自己的想法。

她的想法与 A3 不谋而合。在没有找到朱慧受伤原因和确认康华真实身份之前，任何贸然行动，都存在着一定的危险。

A3 见其他人没有提出异议，转身对康华说："请你告诉凯恩教授，我们回到会议室等候小朱的消息。"

康华把 A3 的意见转给凯恩教授，凯恩教授便带领众人向办公帐篷走去。

路上，A3走到李国挚身边，低声对他说："以我的名义联系中国使馆，请求援助，让他们立即派一名可靠的翻译过来。"

李国挚故意拖在后面，见众人走远，拿出手机拨通了中国驻埃及大使馆的电话。

回到会议室后，A3通过康华告诉凯恩教授，他迫切想联系上萨曼莎，询问朱慧的情况。

就在这时，凯恩教授的手机响了，是萨曼莎打来的。凯恩教授接听后，没说几句，就转过身子捂住手机，生怕在场人听到似的。其实他想多了，除了康华，没有人能听懂萨曼莎的阿拉伯语。

听着，听着，凯恩教授的表情凝重起来。他挂断电话后，面向康华转述电话内容："在赶往医院的途中，虽然随行医生尽力抢救，但是朱慧还是失去了生命。萨曼莎请示如何处理她的遗体。"

当A3听完康华的翻译后，他的心脏也像受到强烈一击，身体不由自主地轻微抖动。毕竟，一个人的心脏受到如此重创，医术再高明的医生也难有回天之力。

A3立即转身询问身边的李国挚，中国使馆是否有回复。中国公民在境外意外身亡，联系驻外使馆无可厚非。

朱慧在胡夫金字塔内意外身亡，迫使中埃双方专家不得不中止塔内考察工作。从安全角度出发，如果不彻底查清朱慧遇难的原因，将对日后进入墓道的人都存在着极大的安全隐患。

这次事故对凯恩教授而言，还有一个大麻烦。史瑞夫在胡夫金字塔内遭遇不幸后，联合国教科文组织遗产司已经明令告诫当地政府，禁止任何人进入胡夫金字塔，近期他们将派出相关专家前来检查。

这次他之所以置联合国教科文组织遗产司的告诫于不顾，再次带人进入胡夫金字塔，是因为他实在不好意思拒绝友好的中国朋友。他以为悄无声息地进去，顺顺当当地出来，神不知鬼不觉，远在万里之外的遗产司也不会察觉。万万没想到，又发生了类似的离奇命案。

当然，他作为顶级通信专家，明知在胡夫金字塔的墓道内，一切无线电信号都将被成倍放大。在中国考察团进入墓道前，他只提到心脏起搏器，却没有考虑到类似录音笔这种电子产品，实属不该。巧合的事，朱慧还将录音笔放在靠近心脏的位置。如果当时自己多说一句，朱慧就能避开这次灾难。唉，世事就不存在如果，现在说什么都晚了。他为此感到非常内疚。

看来，双方下一步的工作，现在只能暂时搁置了。

A3 心中明白，自己肩负的工作正处于瞬息万变之中，耽误一天都将造成不可估量的严重后果。如果他回国当面请示 A2，必然会耽误一些时间，中埃双方都承受不起这种无谓的消耗。

想到此，他拿起电话，向A2简要汇报了埃及发生的情况后，敦促李国挚再次联系中国驻埃及大使馆，让他们尽快派出翻译，到此配合工作。

身份不明的康华，目前只能做闲聊时的翻译。中埃专家组进行的绝密项目，如果用她翻译，一旦泄密将造成不可估量的损失。

第四十三章　迷情罗网

傍晚，夕阳下的旧金山海湾分外妖娆。来自五湖四海的游客的游兴，并没有因为夕阳西下而减弱，相反随着华灯初上，他们更期待着这座城市奔放和奢华的夜生活。

这里有一种城市观光车，当地人称其为“开宝卡”。这是旧金山唯一可以招手即停、挥手即下的公共交通工具，也是一道有别于世界任何一个城市的亮丽风景。这种车其实就是老式的有轨电车，敞开车门，拖着长长的“大辫子”，挂着一路叮当乱响的铃铛，沿着渔人码头、金门大桥等著名景点缓缓穿城而过。

在著名的旅游胜地渔人码头，熙熙攘攘的观光游客可以选择任何一位街头艺人，驻足欣赏他们独特的绝活表演，也可以在海边找一家小餐馆，甚至是街头排档，品尝一下新鲜的海鲜。刚刚从太平洋中打捞出来的海螃蟹，不用品尝，只看大厨伴随着音乐节奏，用在手中上下翻飞的木敲槌碎螃蟹壳，就不亚于看一场街头艺人的表演秀。

最惬意的是租一艘游艇泛舟太平洋。在游艇上不仅可以品尝渔夫海钓上来的海鲜，还可以从另一个角度，欣赏美丽的旧金山市夜景。

身处太平洋，一幢幢依山而建、风格迥异的建筑尽收眼底，在美丽的夕阳下一览无余。

著名的百乐门五星级酒店屹立在海边，凭借专供酒店客人用餐的中国餐馆，使大批游客蜂拥而至。餐馆的招牌菜是正宗的上海本邦菜，由上海知名大厨掌勺。大部分食材，包括江苏阳澄湖的大闸蟹都是当天从上海空运过来的。在这里，食客可以气定神闲地坐在巨大的落地玻璃窗前，一边欣赏夕阳西下水天一色的美景，一边品尝地道的上海美食。

据说，这家酒店的真正老板是旧金山的显赫人物，不仅在政界、商界、文艺界拥有高端人脉，还在军界和黑社会中有一定的地位。

人脉即钱脉。能到这里入住和进餐的人，即便非富即贵，也必须由会员提前一周预订。

刚从海边兜风回来的安东尼，驾驶一辆红色劳斯莱斯敞篷轿车，无限度地吸引着街上的美女少妇。依莎贝拉坐在副驾驶位置上，像个孩子似的拿着气球编织成的小狗敲打着安东尼的脑袋。安东尼不嗔不怒，愉快地享受着。

劳斯莱斯敞篷跑车在百乐门酒店正门前缓缓停下，安东尼灵巧地跳下来，绅士地拉开副驾的车门，右手做出一个“请”的手势，左手优雅地伸到依莎贝拉身旁。依莎贝拉冲安东尼微微一笑，移身下车。

负责泊车的服务生专业而娴熟地将车开走后，依莎贝拉轻挽着安东尼的胳膊，在身着旗袍的领位小姐的引导下，走入酒店。

餐厅在酒店顶层，安东尼早已预订了一个靠窗的VIP专用餐位，在那里可以顺着旋转餐厅的缓缓移动，360度无死角地欣赏太平洋日落的瑰丽景色。华灯初上时，又能领略这座不夜城的另类风韵。

领位小姐将他们带到座位后，行礼告退。安东尼绅士地为依莎贝拉拉出座椅，待她坐定后，才到对面坐下，然后对一位服务生打了个响指。

一位身着中式唐装的黑人青年服务生，把一份菜单送到安东尼面前。安东尼没有征求依莎贝拉的意见，审阅菜单后，对服务生挥了挥手说："好!"

依莎贝拉早已被眼前的景色吸引，陷入无限遐想之中。

浩瀚无边的太平洋，在夕阳的映照下浮光闪闪，波光粼粼，仿佛敞开美丽的怀抱，用热情的双臂拥抱所有观光客人。

水天之间的远方，应该是赵亚文的故乡，也是他父母、爷爷休养生息的地方。每次驻足太平洋边，赵亚文都会满怀深情地指着水天交界之处，向她倾诉思乡之情，给她讲述他在彼岸生活的点点滴滴。

莉莉 10 岁生日，全家人和几位亲朋好友到这里为她庆生。因为他们都不是这里的 VIP 会员，也不想无故多花一倍的钱，所以没有到旋转餐厅，而是选择了楼下的普通包房。

想到莉莉，自然会想到彼德。这段时间各大媒体的炒作，"中国泥人，助你成为记忆超人""灾难与彼德同行，神童变灾星""无锡泥人大阿福就是记忆秘诀"等层出不穷的话题，让她陷入茫然甚至麻木之中。

她不想被无聊的媒体卷入炒作的漩涡，更不想和儿童智力开发中心合作带着儿子到处演讲。那次飞机迫降无名小岛，机舱外漆黑的天空中电闪雷鸣的险境，至今想起来依然让她不寒而栗。如果那次他们顺利地登上失联的航班，今天也就不可能坐在这里欣赏如此美丽的夕阳了。

看到依莎贝拉望着窗外的海景出神，安东尼望着她美丽的侧影，心底不断升腾起种种冲动。绚丽的夕阳透过落地玻璃窗，落在依莎贝拉轮廓分明的脸部。一缕滑落的金色鬈发，在她白皙的脸庞上形成一道优美的弧线……

端着银制餐盘的服务生来到餐桌前，把两个餐具银盘分别放在他们面前，然后把几碟精美的餐前开胃小菜摆放好。

依莎贝拉收回思绪，看了一眼面前的银制餐具盘。盘子里摆放着她从未见过的银制小斧头、夹子、剔刀、小勺……这些小餐具看起来像中国武侠小说中的十八般兵器。可惜，她不知道这些“兵器”有何用途，更不知道安东尼为什么安排这样复杂奢华的晚餐。

她举起小斧头，装模作样地向安东尼的头上砍去。安东尼非常配合地引颈受刑。她的手在空中停下，问道：“这斧头干吗用的啊？”

安东尼莞尔一笑："看来，你的丈夫没有尽到责任啊。你猜猜看。"

"哦，我猜猜。哦，我明白了。如果我今天吃得不如意，就用它把你就地正法！"依莎贝拉调皮地回答道。

尽管安东尼比依莎贝拉小10岁，但是他的演唱天赋和歌剧表演才能，彻底征服了依莎贝拉。甚至，他把握剧中男一号内心变化的分寸，比资深歌剧演员还要精准。他们在对戏中出现分歧时，最后往往都是依莎贝拉采纳他的建议。

他们在新剧《金山魅影》中的合作虽然不到一个月，但是，无论讨论剧中的人设，还是排练过程中的台词切磋，甚至在平时的生活中，他们已经分不清戏里戏外了。

见依莎贝拉故意曲解银制餐具的用途，安东尼意识到，聪明的她这样做，只是不想承认自己见识短而已。她尽管和中国的老公生活多年，但是这套银制餐具毕竟不是中国平民百姓能接触到的。

他卖关子似的告诉她："等一会儿你就知道这些餐具的特殊功能了！"

依莎贝拉不想在这件事上纠缠，便转移话题："安东尼，你不是说今天来这儿体验剧情吗？"

在这部歌剧中，的确有一个桥段。在豪华的酒店里，男一号与女一号再次邂逅，以义演的善举资助一位无家可归的人。这次偶遇和善举，为他们提供了更多亲密接触的机会。

事实上，他们之间就角色心理揣摩、角色矛盾对抗以及大段男女声咏叹调的演唱，都心有灵犀一般磨合得水乳交融。

今天，交响乐队与合唱团联排，他们难得都有空。安东尼经过精心策划，以体验剧情为由，把依莎贝拉带到这家豪华的酒店，把酒言欢，增进感情。

旧金山濒临太平洋，拥有新鲜的各类海鲜产品。然而，今天侍者用银制餐盘送来的却是从中国空运过来的阳澄湖大闸蟹。这当然也是安东尼精心安排的。他知道，依莎贝拉和赵亚文结婚多年，早就对中国的饮食产生浓厚兴趣。上海人对阳澄湖大闸蟹的喜爱几乎到了痴迷的地步，特别是在金秋时节，把酒持蟹，是挚友亲朋间最高规格的礼遇与享受。

同样，今天的酒水也是具有中国江南特色的绍兴陈年花雕。饮用这种酒，考究的方法是在温热的花雕酒内放入几枚酸梅，以便让香糯甜绵的花雕酒内融入丝丝酸甜的梅子清香。这种温热的米酒，会让饮者在不经意间，进入微熏的美妙境地。即便是理智的人，一旦进入这种境地，也可能将平时用理性抑制的情感毫无顾忌地一吐为快。

安东尼把两个水晶杯斟满，然后优雅地举起，娴熟地转动，欣赏着沿着杯壁流淌略带黏稠状的陈年花雕，带着些许醋意调侃道：“莎莎，这酒怎么样？这是来自中国江南的名酒，想必一定是你丈夫的最爱吧？”

听到安东尼用剧中角色的名字称呼自己，依莎贝拉有点恍惚。此刻，她真的不知道自己在戏里还是戏外。

听到安东尼的话中夹杂着酸酸的醋味，她调侃地回答道：“是啊，这种陈年花雕的确是我老公的最爱。不过，今天这酒好像有点酸酸的。”

“你是不是觉得此情此景中物是人非啊？”安东尼醋意更加浓烈地问。

“物也不是，人也不是……”依莎贝拉故意“反驳”安东尼。

安东尼一脸尴尬：“连物也不是了？”

“是啊，这些都是什么？斧钺钩叉的，干吗用的呢？”

安东尼明白了，依莎贝拉还在为刚才她的见识短板找面子，甚至嗔怪他到现在还不痛痛快快地说清楚这些餐具的用途。

安东尼像幼儿园老师一样，耐心地给小朋友做示范。他一手拿起餐盘里的小斧头，一手拿起大闸蟹的蟹腿，轻轻劈下去。随即又换了一把银勺，从中取出洁白完整的蟹肉，在调料碟中蘸一点镇江香醋，洒上细如发丝的嫩黄色姜丝，放到依莎贝拉的盘子里。

整套动作连贯娴熟，让依莎贝拉暗暗称奇。

这位拥有欧罗巴血统的地道美国小伙，竟然能如此娴熟地使用中国人都不常见的特制餐具，优雅地食用阳澄湖大闸蟹。在旧金山食用新鲜的阳澄湖大闸蟹，本身就是一种平民阶层难以触及的奢侈，要练就如此功夫，花费的成本难以想象。

依莎贝拉有样学样地拿起小银勺，将安东尼递过来的蟹肉慢慢送到口中。顿时，肉质弹滑，口感鲜美，味道酸香的蟹肉让她满口生津，齿颊留香，回味无穷。

“怎么样？亲爱的莎莎，这十八般武器你都会用了吧？来，来，再喝一口温热的陈年雕花，你会有更加美妙无比的感受！”安东尼举起手中的酒杯，和依莎贝拉的酒杯碰了一下，然后一仰头，干了。

依莎贝拉照葫芦画瓢，将大半杯花雕酒一饮而尽。顿时，一片美丽的红晕飞上她的脸颊，浑身上下感到燥热。

她不经意地将晚礼服领口的纽扣解开一粒，白皙的酥胸顿时似隐似现。

安东尼彻底被面前风韵犹存的少妇的成熟之美吸引了。要不是任务在身，也许他真的会爱上这位年长她10岁的姐姐。他再次起身，从依莎贝拉手中接过酒杯，给她斟满陈年花雕。

他举起满杯的花雕酒，试探问道："这酒怎么样?"

"好酒，美酒!"依莎贝拉乘着酒兴，自然地继续去解晚礼服的纽扣。当她的手触摸到项链坠时，仿佛想到什么，解纽扣的手停下，在胸前扇来扇去。

"这么美的酒，在你眼中还是'物也不是，人也不是'?"安东尼问。

已经明显闻到安东尼话里的醋意，依莎贝拉担心挫伤他的自尊心，顺势向他抛出媚眼："哦，不，不，物是，人——人也是——啦!"

听到"人——也是——啦"，风月场老手安东尼顿时嗅出其中的意思，于是又给依莎贝拉斟满酒。

安东尼站起身，举着酒杯，轻轻吟唱《金山魅影》剧中的男主角的歌词："举杯吧，我亲爱的朋友。在这美好的夜晚，忘掉你的烦恼，我要把你拥入怀抱……"

他唱得情真意切，歌词与环境又如此相融，依莎贝拉被眼前的美景、美食、美酒和美男迷得飘飘然。

安东尼打了个响指，示意刷卡买单。那位身着中式唐装的黑人青年端着托盘，上面摆放着VIP专用的消费签单。安东尼接过侍者递过来的笔，潇洒地签上自己的名字。

然后，他又绅士地在托盘里放了三张百元面额的小费，然后轻挽着依莎贝拉，走进总统套房专用的 VIP 电梯。

第四十四章　引君入瓮

赵亚文的实验室。

这段时间以来，实验室的所有工作人员都扑在各自的岗位上，各项工作都在有条不紊地进行着。

X9 超级天文现象探测计划进入倒计时，实验室的工作基本就绪。莉莉很给力，美国科学院工程院五部和美国航空航天局的协调工作进展得异常顺利。

此刻，赵亚文正在工作台上反复核算必须带到空间站的器材与设备清单。因为太空发射，对质量和空间都有严格限制，如何最大限度地多带一些设备，在设备的质量、体积、功能上，他必须“斤斤计较”。

按照美国航空航天局画的红线，他绞尽脑汁，在设备清单上做减法，每舍弃一项设备，他都有断臂般疼痛，还得想办法补救。

突然，一股令人兴奋的香气搅动着他的嗅觉系统。不用看，他就知道莉莉来到身边。

这是一种产自印度的秘制香水，由龙脑、旃檀、豆蔻、羯磨和曼陀罗花等名贵香料按照一定比例调制而成。这种香水散发出的特殊香气，闻起来有点像热带水果的甜香，令人垂涎。再细细分辨，其中还夹杂着玫瑰、可可花、黑紫罗兰、粉红胡椒、罗梦子花苞、玛索亚木质等香味，会让闻者上瘾、迷恋。

这种香水的神奇之处就在于，涂洒在不同人的身上，会与使用者的体味混合并产生独特气息的“体香”，让闻者的嗅觉产生强烈的兴奋感、依赖感，留下难以抹去的记忆。

这段时期内，赵亚文已经被莉莉的“体香”彻底俘虏了，仿佛离开她，大脑就近乎一片空白。反之，一旦吸入这种迷人的香气，他就会感到心情愉悦，精神焕发。

莉莉作为助手，他忽略的工作，她想到了；他想到的工作，她已经做到了。总之，处处让他感到惊喜，甚至感激、感动。不知不觉中，他对她已经产生了一种莫名其妙的依赖。

他抬头一看，莉莉果然婷婷袅袅地走到他身旁。丰满坚挺的胸部，在迷人的香气之中，傲视着他。

赵亚文不敢贪恋眼前迷人的香气。他有两件事情，要委托这个手眼通天的女孩去搞定。

一是与美国航空航天局后勤总指挥沟通，让自己的团队多带一点设备进入太空，哪怕多带100克也好。

二是他想进入空间站，亲自指导团队，亲眼观察地球上千年一遇的天象奇观。

他示意莉莉坐下。不料她不但没有坐下，反而走到他身边，用铅笔轻轻捅了捅他的肩头，把香唇压在他敏感的耳郭上，嗲声问道："想不想听听新消息啊？"

赵亚文已经被莉莉身上的那种体香熏得心猿意马，再加上她零距离的挑逗，体内男性特有的生理冲动立刻迸发出来。但是，他的理性提醒他，这是一种危险的情感信号，必须把它扼杀在萌芽状态之中。毕竟，他是受过多年中国传统教育的好男人，眼下还有求于她，不能乱来、乱动。

他强压欲火，尽力保持平静，用嗔怪的口吻说道："快说，不许卖关子！"

“别急嘛，亲爱的赵博士。”

莉莉故意放慢语速，双唇继续在赵亚文的耳郭上施压，手中的铅笔在他的眼前转了两圈：“一个坏消息，一个好消息，你先想听哪个呢？”

“坏消息吧。”对于赵亚文这种务实型的科学家来说，很多事情必须客观、理性地面对。好消息不知道也罢，坏消息必须面对。

“坏消息？”莉莉将脸转过来，双眼直勾勾地看着他，故作观察状，“这坏消息啊，你得有思想准备，不许哭！”

赵亚文调整一下身姿，一本正经地说：“赶紧说，我们好早作预案。”

“好吧，看在你急不可耐的份上——设备总量不能增加，还要削减！”

这对赵亚文来说，绝对是一个坏消息。自己刚才咬着牙、忍着痛，把一些重要的设备从清单上划掉，甚至还没有找到应对的办法。他们一句话，不但没有增设，还要削减？他失去理智般大喊：“为什么？”

“为什么，告诉你，为了你！”莉莉用铅笔点了点赵亚文的鼻尖说。

“为了我？”赵亚文更加迷惑了。如果为了自己，应该增加设备才对。

莉莉拉着赵亚文，走向门口的磅秤。自从确定在国际空间站进行 X9 超级天文现象探测计划，赵亚文就在办公室门口放置一台磅秤，所有物品都精确到毫克，就是为了确保所有设备能符合美国航空航天局的要求。现在实验室的工作人员最怕听到“超重”二字，凡事都要“斤斤计较”。

赵亚文不知道莉莉要干什么：“你拉我去哪儿?”

“用你常常教导我们的话来说，就是用数字说话，用事实说话。走，把你的体重量化一下。”

听说又要称体重，赵亚文心想，自己每天清晨洗完澡都会在浴室的磅秤上称体重，根本没必要再称。他挣脱莉莉的手，喊道：“78 公斤!”

莉莉站定：“美国航空航天局给你多少指标?”

美国航空航天局给自己多少升空指标，赵亚文太清楚了。为了达到这个指标，这几天他的脑袋都愁瘦了一圈。

“为了你能进入国际空间站，我专门为你申请了一个指标。听清楚了，专门为你增设的，没有从你科研团队减少一人，完全是额外指标!”

听莉莉这么一说，赵亚文心头一热，都不知道说什么好了。

据美国航空航天局的工程技术人员介绍，将每公斤物品送到国际空间站的成本，高达数十万美元，所以不得不严格控制。现在要增加 78 公斤重的一个人，还要占用空间站有限的空间，她是怎么说服他们的呢？

没等他问，莉莉就反问道：“你算算吧，增加你这个 78 公斤的大活人，让你减少一些设备，难道不应该吗？这次想上天的科研项目不止你一个，还有很多重要的军事科研项目排队呢。你啊，老老实实地想想怎么把设备减重吧！”

“好，好！”赵亚文满口答应。他已经安排团队重新组装一台体积更小，质量更轻的高清数字太空望远镜，估计近期交付使用。“说说好消息吧！”他冲莉莉耸耸肩，挑了挑眉头。

“好消息是——”莉莉从包里掏出一沓表格，“去办公室看看就知道了。”

赵亚文走到办公桌前坐下，淡蓝色的表格的名称一下子映入眼帘——国际空间站工作人员健康档案。下面是密密麻麻看不清、读不懂的各项检测项目。

“这就办妥了？”赵亚文心里一狂欣喜。看来，自己人生最大的梦想就要实现了。

他正想对莉莉说几句感激话，莉莉又将香唇压在他的耳郭上，嗲声问道：“我帮你这么大的忙，你怎么谢我？”

如何感谢，已经不是赵亚文能选择的了。他轻轻地向莉莉的脸颊上吻过去，不料莉莉却调皮地躲开了。

赵亚文很尴尬。他刚才想亲吻莉莉，绝对没有掺杂亵渎之念，完全出于感激之情，没想到古灵精怪的丫头竟然不配合。

莉莉忽然变脸，横眉冷对，手中铅笔呈剑状，指着赵亚文的脑门，半娇半嗔地说道："我的任务完成了，接下来就看你的了。"

她手腕一抖，铅笔像花剑一般在赵亚文眼前画了几圈，最后停在他的鼻尖前。她杏眼圆睁，与赵亚文对视。不等赵亚文明白过来她要干什么，她又用铅笔点指他的各个部位。

赵亚文明白，莉莉在提醒他，只有自己体检过关才能进入空间站。虽然没有宇航员那么严格，但是，要想在太空中生活一段时间，过硬的身体素质是重要且必要的。

"这么多检测项目，需要多少时间啊？"看到密密麻麻的项目，赵亚文有点犯愁。要完成这些项的体检，最起码需要一天的时间，但他还有很多工作要做。

看到赵亚文为难，莉莉严肃地说道："请你通知其他5位，明天早晨7点，准时在实验室集合。美国航空航天局的专车会接你们去体检中心。记住，一定要空腹。"

她的话音刚落，手腕上手表式微型手机闪烁。她向赵亚文示意，要出去接听电话。

电话是“猎鹰”打来的，询问进入空间站的科研人员准备明天体检的事情。

莉莉按捺不住兴奋，意识到上司要有重要事情交代，于是大声说道：“一切妥当！”

接下来，他们又叽叽咕咕地说了半天只有他们自己能听懂的话。

这是非洲某原始部落使用的土语，整个美国，不会超过十个人能听懂。莉莉汇报说，赵亚文正在他们铺设的轨道上驶向他们设定的目标，“火狐计划”小组可以利用体检的机会，神不知鬼不觉地得到他的任何生理样本。

奥密伽 7 星球安全总部。

“猎鹰”与莉莉的通话内容已经被准确地翻译成奥密伽 7 星文字，在环形屏幕上循环演示。

“太——太——太棒了！”西塔由于激动，口吃得更加厉害。法相汉娜下了死命令，近期必须获取彼德直系亲属的所有生理指标和数据，以便查找人类记忆遗传基因程序的漏洞，及时进行修补，避免再出现几个彼德，无故消耗奥密伽 7 星球的智慧能源。

美国当局貌似非常配合奥密伽 7 星人，免费替他们服务。于是，他们选择做一个躲在鹬蚌身后的渔夫。

孙子即将立下挽救奥密伽7星球未来的不世之功，让西格玛心里升腾起青出于蓝而胜于蓝的暗喜时，一闷棍又结结实实地打在他的后脑上。

原来八竿子打不着的中国和埃及，现在又因为侦测到奥密伽7星监视彼德的信号，扯到了一起。西格玛心里很清楚，这两个国家的有关部门，都拥有监测宇宙中任何信息的利器。埃及的金字塔，更是地球与奥密伽7星球沟通的直接媒介。如果埃及人发现了这个秘密，再与中国人分享，其后果不堪设想。

奥密伽7星人发出的强烈的信号，已经击毙了埃及年轻科学家和不远万里从中国赶来的美女翻译，但愿他们能知难而退。

西格玛摇摇头，自言自语："平心而论，杀人绝不是我的本意。你们要怪，只能怪罪你们贪婪的祖先，为什么要和我们达成那桩交易呢？很多事情，地球人还是不知道的好。不抛弃不放弃，会把很多人推到危险的境地。知足知止，才是保命的上上策。既然你们一心想螳臂当车，那咱们就好好玩玩吧。"

西格玛对属下命令道："西塔计划3继续跟进！"

西塔和安全总部行动总队队长埃它立即举起左手弯曲的食指，表示立即执行。

第四十五章　大觉出手

朱慧意外死亡，打乱了 A3 的考察计划。身边没有可靠的翻译，在异国他乡就成为哑巴，简直寸步难行。

在没有查清造成朱慧死亡原因之前，贸然进入胡夫金字塔墓道，每个人都承担着极大的风险。

昨天，A2 用量子加密电话通知他，美国方面已经出手，速度之快，已经完全出乎我方的预料。虽然 A2 没有让他立即回国，他也能感受得到，在这种纷繁复杂的情况下，自己的团队在埃及只能作无谓的消耗。但是，他要是现在回国，金字塔内的神秘信号来自何处，朱慧因何死亡，都将成为不解之谜，对“大觉计划”百无一用。

美国方面的行动之神速，让“大觉计划”小组成员都有了难以言表的紧迫感。

按照美国“火狐计划”的执行进度，北京时间的今天晚上，赵亚文所有生理参数，包括他的DNA以及精子样品就会全部进入“火狐计划”科研组的化验室。

更糟糕的是，依莎贝拉已经中了安东尼的色诱圈套。

安东尼轻挽着依莎贝拉走进直通总统套房的专用电梯后，依莎贝拉已经醉得不省人事。

一个华裔服务生为他们打开房门，进屋后为他们“开床”。这是五星级宾馆的一项规范服务，尤其对住总统套间的客人，服务生要为客人放好枕头，将被子掀起一角，折成90度，方便客人就寝。

在服务过程中，服务生将一个微型窃听器放在床头背面的夹层中。安东尼的注意力全在依莎贝拉娇艳的脸上，不等服务生退出去，他就将烂醉如泥的依莎贝放在床上，开始脱她的衣服。

服务生礼貌地问安东尼：“先生，您还需要什么帮助吗？”

听到服务生的询问，安东尼停下来，掏出100美元递给服务生。

服务生接过100美元，说了句“晚安”，转身退出房间。就在他走到门口时，摁下胸口的微型发射器，一个钉状的微型无线监视器便悄无声息地钉在天花板上。

百乐门酒店的地下停车场。

一辆商务车里，安东尼在总统套房内的一举一动，全部出现在行车电脑显示屏上。

安东尼不愧是谍报高手，服务生出去之后，他立即对房间进行检查，找到了床头背后的微型窃听器。他轻轻地把它拔下来，亲吻一下，然后走进卫生间，随后传来马桶冲水声。

然而，天花板上的监视器却幸免于难。

依莎贝拉和安东尼肉体厮杀完毕后，她带着甜蜜的满足感安然入睡。安东尼从手包里取出一套采样设备，戴上超薄的橡胶手套，熟练而专业地从依莎贝拉身上采集血样、尿样和其他生理样本。让他失望的是，他折腾了半天，也没有获取她的卵子。

那天，依莎贝拉的生理期刚刚结束。

北京，A2办公室。

昨天从美国传来的情报让他彻夜难眠。将A3从埃及调回执行“大觉计划”中的“围魏救赵行动”，恐怕来不及了，于是他决定亲自上阵。这场破解人类记忆遗传基因密码的高科技之争的胜败，关乎中国未来的一切，谁都输不起。

今天 A2 很早就来到办公室，从保险柜中拿出一份绝密文件。现在很多单位都采取了简洁高效无污染的无纸化办公，却也为窃密者开启了方便之门。所以，A2 手中的所有绝密计划，均采用最原始的纸质媒介保存。

他取出的这份绝密文件，就是“大觉计划”的全部资料和执行方案。他从文件袋中取出一张蓝色标签看了看编号，然后从里面翻出右上角印着醒目的“绝密”字样的文件。

他打开文件，按照上面的步骤，又逐步推演一遍流程。这个流程在他心中已经推演了无数次，他还是担心哪里存在纰漏。推演完毕，他觉得已经是一套毫无瑕疵、完美无缺的计划时，满意地点了点头。他看了看腕表，已经 9 点整。

就在电子挂钟报时时，助理小唐分毫不差地敲响了办公室的门。

A2 指着桌面上的文件对小唐简洁地说道：“通知各组，立即行动。”

按照既定方案，上海方面已经正式启动。他们的目的很明确，就是要借助赵笃甫的百岁华诞之机，将彼德及其父母悉数请到上海。这样做，一是为了防止美方对彼德和家人下手，二是乘机获取彼德及其亲属的各项生理样本。

上海川沙新镇。

这里原来是上海的一个远郊县，因为迪斯尼乐园落户于此，吸引了大量的外地游客前来，促进第三产业飞速发展。现在这里已经繁华得会让人误以为身在发达的异国他乡。

年近百岁的赵笃甫喜欢清静，赵步蟾担心各种繁文缛节会打乱老父亲的生活节奏，致使他一度打算把老父亲的百岁寿宴改为家人聚会。这样做，既能让老父亲享受天伦之乐，还不影响他的清修。

但是，昨天的一个电话彻底改变了他的想法。

卫计委袁主任给他打来电话，请他到她的办公室，商量他父亲百岁华诞的筹备事宜。父亲单位的现任领导对此事高度重视，做儿子的更没有理由懈怠了。

好在交通便利，赵步蟾虽然七十多岁，但身体硬朗，出门习惯乘公交车坐地铁。接到电话后，他立即动身前往。

他刚到卫计委门口，一位年轻姑娘便热情地迎上来：

“您好，您是赵工吧？我是袁主任的秘书杨青青，袁主任特意命我来接您。”

赵步蟾在杨青青的引领下，顺利地来到袁主任办公室。

这是一间宽敞的办公室。靠近门口，有一张可以容纳十多个人开会的会议桌；左侧摆放一排真皮沙发，几位干部模样的人在喝茶交谈。右侧靠窗户的地方有一张气派的办公桌，五十岁左右、精明干练的袁主任埋头批阅文件。

看到杨青青带领赵步蟾进来，袁主任起身迎过来，坐在沙发上的几个人纷纷起身，微笑着目视赵步蟾。

袁主任示意赵步蟾在会议桌前就座：“赵工，我们本该亲自登门和赵老一起商量的，又怕影响他老人家清修，只好让您辛苦一趟了。”

听袁主任这么说，赵步蟾儒雅地起身向袁主任致意：“你们平时对我们照顾得已经很细致周到了。家父一直催我登门感谢各位领导呢。今天，我借此机会完成他老人家交办的任务，呵呵！”

“赵老可是上海一宝啊！赵工，您坐！接下来我给您介绍几位朋友。”她转身指着身后的一个人说，“这位是您单位的现任所长，王所长！”

王所长走到赵步蟾身旁，热情地握住他的手：“赵工，久仰啊！所里的同事都想请您到所里发挥余热呢。惭愧，惭愧，我刚到任不久，还没有来得及登门看望您呢，袁主任就成全了，呵呵。”

得知王所长是中国科学院上海核能物理研究所现任所长，赵步蟾紧紧握住他的手，开玩笑说：“这么年轻就当上所长，年轻有为，不可限量啊。您可是我的衣食父母，每个月还靠您给我发饷呢。以后所里有用得着我这个老家伙，您打个电话就可以。”

“这位是侨办张主任，这位是旅游局李局长，这位从北京赶来的卫局长。”袁主任再次给赵步蟾介绍。

几位领导主动与赵步蟾握手。

赵步蟾突然感觉有点不对头。随着医疗水平提高，现在的百岁老人可以说比比皆是。老父亲为中医事业做出过突出贡献，过个生日，有卫计委领导操办就足够了，怎么还牵扯到侨办呢？这位从北京来的领导，专程给老父亲过生日？按照什么规格都解释不通啊！

众人落座后，袁主任开门见山，直接说出今天讨论的主题：“今天，赵工专程赶来，与我们一起商量给赵老筹办百岁华诞的有关事宜。希望大家各抒己见。”

侨办张主任率先开口：“我们已经通过中国驻旧金山总领馆为赵亚文及家人回国启动绿色通道，随时可以为他们办理签证手续。今天确定具体时间、地点后，赵工就通知赵亚文预订机票。”

说到时间、地点，赵步蟾又犯愁了。上次川沙镇领导登门和自己商量过此事，算来算去，可能达到千人规模。这样的大型宴会，不提前预订酒店，后果不可想象。

赵步蟾说道：“时间、地点恐怕今天无法确定吧？前几天，我试着打了几个订餐电话，好像都排到正月十五以后了！”

卫局长听罢朗声大笑，指着旅游局的李局长调侃道：“老李，在这件事上，您可不能不给力啊！”

“在上海这个国际大都市，我连一顿饭都搞不定，还当什么旅游局局长？”李主任转身问赵步蟾，“赵老的百岁华诞准备在哪天办，准备接待多少客人？”

“这两个问题，我现在都无法回答。”赵步蟾进一步解释道，“老爷子说了，孙子、曾孙子什么时候来就什么时候办。至于办多少桌，按老爷子的意思，只邀请自家人。我们家族大，七大姑八大姨就能凑几十桌，这还不算美国的亲家。”

这几位领导，都接到了 A2 的指示，所有与彼德有血缘关系的人都被列入邀请对象。尤其得到美国“火狐计划”的行动方案之后，这项工作已经刻不容缓。

袁主任在市政府办公室主任的位置上历练多年，处理这类事情，自然是驾轻就熟。她示意秘书杨青青，拿来无绳电话，看了看手表说："现在美国西部时间晚上七点多钟，刚好下班，不算太晚。赵工，您和赵亚文通个电话吧。"

袁主任把电话递给赵步蟾。

赵步蟾迟疑着接过电话："这——打私人电话不太合适吧？我还是回家跟他们视频吧。"向来公私分明的他，用公家电话打国际长途，就是犯罪。

袁主任说："给赵老庆祝百岁华诞，是我们工作的一部分，怎么是您的私事呢？赵工，时间宝贵，我们需要您的配合。"

赵步蟾听袁主任这么说，只好打开手机电话通讯录，找到赵亚文家里的电话拨过去。电话接通，一个脆生生的女孩声音传出来："是爷爷吧，爷爷好！阿拉是莉莉！"

聪明乖巧的莉莉看到电话显示屏出现中国上海的号码，就知道是爷爷打来的。电话接通，果然是爷爷，她立刻用上海方言与他交谈。

赵步蟾亲切地问道："侬格娘和爷在吗？请他们听电话。"

"啥事体啊，阿拉也弗是小孩子了，侬跟我讲好了。"莉莉认为，自己已经长大了，可以为父母分担家事。即便是她解决不了的问题，也可以转达给爸爸妈妈。

正当莉莉和爷爷撒娇时，彼德在楼上拿起分机的听筒。听到爷爷非要让爸爸接电话，他就插话道：“爷爷，侬好，阿拉彼德！爹地妈咪都不在家，您有啥事体搭我们讲好了！”

赵步蟾见孙子接电话，喜悦之情顿时溢于言表：“啊哈，彼德，格么晚了，侬爸爸妈妈还无没回来啊？侬两家头吃过夜饭没？”

“放心吧，吾尼两家头晚饭早已经吃过，是阿姐做的噢。”彼德还不忘为姐姐争面子。

赵步蟾夸奖道：“那莉莉很能干哦！太爷爷马上要过一百岁大寿了，侬两家头啥辰光回来啊？”

听说太爷爷要过百岁大寿，彼德兴奋得差点儿跳起来。他刚才还在自己的私密天地里，手捧大阿福，口念《汤头歌诀》，从一团团绿色的气雾里，探寻中医中药防治各种流行性病毒的解决之道。那天，美国《大众科学》杂志社的女记者，当众向他提问如何用中医理论和中药有效抗击埃博拉病毒的尴尬还历历在目，要不是黄爷爷接过话题，他真不知道如何收场。

想到自己的知识短板，想到自己傻乎乎地高喊“所有学校都应该消亡”，他突然觉得有点惭愧。他转念一想，“学校消亡和学习必要性”并不矛盾，心里也就释然了。

想到黄爷爷，就想到自己曾答应帮他转达对太爷爷的问候。如果自己真的见到太爷爷，就一定兑现自己的承诺。

“我和姐姐都想马上回去，爷爷！”彼德拉上姐姐，是不想在爷爷面前突出自己。

“好格呀，等你们回来，爷爷带你们去迪士尼乐园。”

彼德早就向爸爸妈妈要求去迪斯尼乐园，他们一直答应，也一直拖延，几年也未成行。中国的迪士尼乐园就在爷爷家门口，他们应该没有理由拖延了吧？再说，即便他们不去，不是还有爷爷嘛。

彼德还想跟爷爷闲聊几句，爷爷却说：“好的，我在上海等你们啦，我这就给你爸爸打电话。”说完他就挂断了电话。

赵步蟾不想在国际长途电话里拉家长，讲一些与工作无关的话题。

第四十六章　举棋不定

美国旧金山硅谷，赵亚文的实验室内灯火通明。

晚上八点多钟，赵亚文和他的团队还加班。他们明天要去体检，今天必须加班把明天的工作完成，免得耽误工作进度。

身在矮檐下，不得不低头。美国航空航天局没有商量的余地，赵亚文只好忍痛割爱，一边掂量减去哪些设备，一边敦促厂家加班加点，尽快交货。他都做了最坏打算，实在不行，就少带食品，准备到太空饿肚子。

莉莉作为协助人员，现在完全可以回到租住的别墅休息，但是她主动留下来，跟着赵亚文赶进度。

莉莉为加班的同事精心准备了咖啡。当她煮制的咖啡香味弥漫实验室的时候，赵亚文和属下才意识到，他们已经错过了吃晚饭的时间。

莉莉端着一杯咖啡，款款走到赵亚文身边。她一边把咖啡递给赵亚文，一边假借赵亚文之名对埋头干工作的同事喊道："老板说了，等加班完毕，他请大家到海边吃夜宵。大家别客气啊，明天一上午都得饿肚子呢。"

她的话音刚落，实验室内便响起欢呼声和口哨声。

这丫头居然不跟自己商量，就假传圣旨说自己晚上请大家吃夜宵。不过，属下已经连续加班十多天了，很辛苦，真该好好犒赏这些忘我工作的属下了。今天晚上确实应该请大家吃饭，自己怎么就没有想到呢？想到这里，赵亚文给莉莉送去满含深情的微笑。

赵亚文的手机响了。他瞥了一眼，手机屏幕上面显示的是中国上海的电话号码。

赵亚文马上接听，话筒里传出熟悉的声音："喂，是小五子吗？"

小五子，是赵亚文的乳名，只有父母和爷爷会这样称呼他。赵亚文在家里排行老大，下面只有一个小他七八岁的妹妹，他们怎么会叫他“小五子”呢？

原来，赵亚文上面还有一个姐姐，出生几个月就夭折了。赵亚文出生后经常生病，父母听人说，老大难养活，必须想办法冲一冲。在直系亲属同辈中，已经有了三个男孩，一个女孩，“小五子”也就成了赵亚文的乳名。

自从当上博士生导师、研究员，做了父亲，母亲就改口称他“亚文”。大大咧咧、毫不顾忌的父亲，还是不分场合地叫他“小五子”。

赵亚文每次听到父亲这样称呼自己，浓重的亲情在心里油然而生。他恭敬地用上海方言问道：“爹地，侬好！啥事体啊？”

“侬在啥地方忙得来还没回家啊？屋里厢两个小鬼头当家啰。”

赵步蟾知道儿子最近在抓一个科研项目，于是就用最简洁的话告诉儿子，家里正在筹办庆祝爷爷的百岁华诞，你尽快确定行程，带着夫人孩子一起回来。

赵亚文为了给自己争取一点考虑的时间，懦懦地对赵步蟾说：“爹地，我正忙着，晚些时候我给您打过去。”

这个电话彻底搅乱了赵亚文的思绪。

爷爷百岁寿诞，自己作为长孙没有理由缺席。再说，要是儿子彼德不到场，爷爷一定会顺口抛出《诗经》、《论语》中的名言或是典故，臊到自己怀疑人生。因为自己这个典型工科男，一听到那些之乎者也，大脑转数就不够，回来还得恶补一番，才明白自己被爷爷骂成什么。

记得某年春节，全家人在一起吃年夜饭。当说到父亲没有传承爷爷的中医衣钵时，触及爷爷的伤心之处。按照爷爷的脾气，应该把父亲痛斥一顿，但毕竟是春节，一家人好不容易聚在一起，爷爷只能指桑骂槐，借古讽今："赵佶迷恋蹴鞠术，辜负光义舞红烛。朽木不可雕也，粪土之墙不可圬也。"

他不知道爷爷说什么，没有太在意。父亲当时满面通红，羞愧难言。

晚饭后，父亲给他详细解读爷爷的话："作为皇帝，宋徽宗不务正业，只爱踢足球，对不起祖宗赵光义弑兄谋得的皇位。真是朽木雕不成器也，烂泥巴糊不上墙。小五子，你以后不学中医，就得做成大事业，不然爷爷会把更难听的话送给你啰！"

每每想到父亲挨骂的情景，赵亚文都感到脊背发凉。他之所以取得今天的成就，可能与不愿意接受爷爷的"文骂"有关。这次回国，不是寻常度假，而是庆祝爷爷的百岁华诞，自己不能有丝毫马虎。出现任何纰漏，自己都会终生遗憾。

赵亚文突然觉得自己应该重新作一个规划。

这段时间以来，自己忙于 X9 超级天文现象探测计划，父亲和爷爷都是知道的。但是，自己即将乘坐航天飞机进入空间站的事，他们不知道。如果自己到了太空，一切都不是自己能把控的了。

赵步蟾将电话递给袁主任，满脸不好意思："亚文在实验室处理急事，晚些时候再打过来。"

袁主任知道赵亚文就职于美国军工研究单位，言行都会受保密纪律约束，不可能像普通人那样说走就走。

但是，他已经向北京相关领导做出保证，会竭尽全力促成赵亚文带家人回国。卫局长专程从北京赶来协助自己，也是担心其中有变。

得不到赵亚文的确切答复，袁主任有些尴尬。

赵步蟾打电话时，李局长为了在卫局长面前彰显自己的工作能力，责令办公室主任在国庆节前后，在辖区内安排一个容纳千人的高档宴会场所。

命令如山，办公室主任通过协调，将已经预计在上海最繁华的南京西路一家老字号、著名的素菜馆功德林饭庄召开的上海区县级招商融资会议，转移到郊区一家涉外酒店，把那里腾出来，筹办赵笃甫的百岁华诞宴会。

功德林饭庄是一家百年老字号，以环境优雅、素菜独到闻名上海。这里的店堂设计、菜肴品种都具有浓郁的佛教风格。

功德林饭庄最擅长的烹饪方法是素菜素烧，荤菜素做，口味以维扬风味为主，结合其他名菜特色口味，选料精良，刀功精细，烹调方法丰富，讲究原汁原味原汤，“鸡鸭鱼肉”，以素仿荤，形态逼真，鲜美可口，颜色造型是极为形象的艺术品，观之为享受，食之营养丰富，实为养生、美食可以兼得的理想菜肴。

显然，在这里为谙熟中医和养生之道的名医赵笃甫举办百岁寿诞再合适不过了。

李局长搞定饭店之后，便和卫局长商量宴会的具体时间和规模。虽然功德林饭庄全力配合，但也不能因此一直空等，否则损失承受不起。还有，千人宴会，需要提前准备各种食材。

卫局长只是说：“这事还得等赵亚文行程确定之后，我们才能确定具体时间。”

问题的皮球又踢到赵步蟾那里，他再次拨通赵亚文家里的电话。

依然是莉莉接听，看来赵亚文还没有回家。在各位领导面前，他没有心思和孙女拉家常，严肃地吩咐莉莉：

“我已经和依爹地通过电话了。他回来后，你们商量一下。乖小囡，一定记得啊，啥辰光回来早点告诉我!”

放下电话，赵步蟾深深地松了一口气。自己对儿子千叮咛万嘱咐，这小子应该没有理由拖延吧。

赵亚文放下电话后，便陷入矛盾的漩涡之中。

平心而论，他真想带家人回上海，毕竟自己和年迈的父亲、母亲、百岁的爷爷已经很久没有见面了。上次他们回上海，还是三年以前。

他多次请求三位老人到美国养老，他们均以不同理由婉拒。

眼下自己的 X9 超级天文现象探测计划，万事俱备只欠东风。走到今天这一步，自己经历的酸甜苦辣，只有自己知道。作为项目领头人，在这个关键时刻撂挑子走人，怎么对得起团队付出的代价?

莉莉为了让自己实现夙愿，在各个衙门刷脸卖萌，付出了不小的代价，才为自己争取到进入太空的机会。明天就要参加体检了，自己怎能说走就走?

他正在纠结之际，一股熟悉的女孩体香伴随着咖啡诱人气息飘过来。

莉莉似乎看出赵亚文的烦恼，体贴地送来一杯咖啡，调侃道：“赵博士，您的设备清单齐备了吗?同事们的工作已经结束了。我已经订了座，就等您和我们一起去渔人码头喝一杯呢。”

赵亚文被莉莉身上散发的印度芳草混合香气熏陶得昏昏欲醉，咖啡的香气又让他精神一振。

此刻，他心里更加纠结了。正当他在犹豫回不回国时，莉莉的出现，更准确地说，莉莉身上那股令他无比依赖的体香，让他在不回国那边又增加了一个砝码。

一阵手机铃声响起，屏幕上显示是家里的电话号码。赵亚文丝毫不敢怠慢地按下接听键。

电话是宝贝女儿莉莉打来的。

赵亚文刚想责问她，这么晚了为什么还不休息，她反而用责备的口气问道：“爹地，爷爷来电话，问我们啥辰光回去给太爷爷庆贺百岁生日。爷爷说，你晚些时候会给他回电话，他一直等着呢！”

“好的，你问问爷爷，太爷爷的寿宴啥辰光举办，我马上订机票。”似乎就在一瞬间，赵亚文突然改变了主意，决定放弃进入空间站的机会。

事实上，在亲情与事业之间，他已经衡量无数次了。

在国际空间站，亲眼目睹千年一遇的天象奇观并记录稍纵即逝的瞬间，对于任何天体物理学家来说，都是百年不遇的机会。但是，随着科技的发展，也许以后还有机会。但是，爷爷的百岁华诞，一生只有一次，错过就不会再有。“树欲静而风不止，子欲养而亲不待”。百岁老人，去日苦短，错过了这个机会，作为他的唯一孙子，自己必将抱憾终生。

女儿的电话，成为回国探亲这边最后一个砝码，让赵亚文的心理天平倾向后者。

莉莉很识趣地退到门外，但她还是清晰地听到赵亚文话中的一个关键词——订机票。

莉莉顿时心中布满莫名的阴云。明天赵亚文就要参加太空体检，这是拿到他各项生理样本的绝佳机会。如果错过这个机会，一旦体检通过，他将进入封闭式航天训练，见面都是一种奢侈。

“伙计们，老板要请客，你们要珍惜，赶紧放下手中的工作。”

不愧是经过严格训练的特工，莉莉处变不惊，有条不紊地按着自己的计划推进。

只是，她绝对没有想到的，赵亚文的决定已经将她的精心策划全都打乱了。

第四十七章　探亲之旅

看到莉莉鼓动大家吃夜宵，赵亚文心里很不是滋味。他已经决定不参加她攒的饭局，但他不想扫大家的兴。

“你们收拾一下跟莉莉去吧！”赵亚文也作收拾状。

当他们走到实验室门口时，一数人头，共计8个，怎么也要开两辆车。

赵亚文对特别助理斯蒂夫吩咐道：“斯蒂夫，你的车有7个座位，大家坐你的车吧，还能多喝几杯。我今天太累了，你们尽情玩要吧。不过，别玩太晚了，明天还有重要事情!”

说完，他径直走向自己的英菲尼迪汽车，启动引擎，绝尘而去。

赵亚文不辞而别，让大家有点蒙圈。但是，他们熟知这位有汉族血统的头儿，一旦决定做什么，谁也改变不了。他们当中没有人敢自讨没趣。伴随斯蒂夫的一声唿哨，大家嘻嘻哈哈地钻进他的蓝色别克商务车。

坐在副驾驶位置的莉莉一脸莫名失落，甚至沮丧和愤怒，谁也不知道她在想什么。

她耳边回响着赵亚文“订机票”的话。订机票，给自己订还是给别人订？什么时间去什么地方？由此衍生的无数疑问接踵而至。什么原因让他作出如此决定呢？如果这个决定一旦无法改变，她到手的猎物，也许就逍遥遁去。

“今天老板不在，莉莉就是我们的头啊。”坐在商务车后座上的欧文，一改平时的腼腆，突然变得特别活跃。

身旁的约翰抡起拳头砸向欧文：“小牛仔，我还真看不出来，你的拍马屁功夫这么好。莉莉，今天一定要多给欧文买点好酒哦!”

欧文和约翰的调侃，暂时减轻了莉莉的挫败感。她意识到，既然把大家约出来，那就既去之则安之吧。再说，赵亚文明天能不能参加体检，也不是自己能决定的。

莉莉不愧是老司机特工，立即将自己的情绪调到和大家一样的频率：“今晚有赵博士的特别助理斯蒂夫在，大家就听他的吧。小牛仔，你晚上想喝酒？没门！老板已经交代了，‘别太晚了，明天还有重要事情’。”

莉莉最后一句话，完全模仿赵亚文的口气，几乎一模一样，甚至让全车的人都感到有点恐怖。

沉寂片刻后，约翰伙同全车的同伴再次起哄：“小牛仔，你的马屁拍到马腿上啰！”

斯蒂夫轻轻摁了一下喇叭，正色道：“不许起哄，不许敲诈莉莉！今天晚上咱们必须有节制，明天体检的人还要起早呢。”

一车人说说笑笑来到了渔人码头莉莉预订的“夜天使”夜店门前。斯蒂夫刚想将车停下，莉莉使了一个眼色，斯蒂夫会意，汽车又驶向离码头更远的中餐馆。

莉莉本想让大家到酒吧尽情放松一下，但赵亚文考虑到明天体检，又改为中国餐馆让大家换换口味。

赵亚文远远看到自家客厅的灯还亮着。他缓缓将车停进车库，在镜子前照了照，发现自己一脸倦容。

大概长时间超负荷工作的原因，他感觉身体好像散了架，不是这儿不舒服，就是哪儿酸痛。现在想一想，就凭目前自己的健康状况，根本通不过航空航天局的体检。幸亏自己放弃了体检，不然又多了一笔不必要的开销。

他拧开水龙头，用冷水冲了冲脸，用面巾纸擦干后，再照照镜子，似乎比刚才精神多了。他不想在家人面前展现困倦，更不希望在孩子面前如此狼狈。

他推开房门，客厅里的灯虽然亮着，却空无一人，估计孩子已经休息了。

玄关处的鞋柜上，依莎贝拉的拖鞋静静地躺在那里，显然她还没有回家。

让两个未成年的孩子独自在家，在美国是违法的。这几天，夫妻俩都不着家，导致这种违法行为一直持续，赵亚文心中不禁产生一阵愧疚。无论作为美国公民，还是父亲，不管任何理由，这样做都是不对的。

他暗自庆幸自己今天没有到渔人码头吃夜宵，否则还真不知道什么时候才能回来。

想到年幼时，父母和爷爷对自己百般呵护，时刻都保证自己在他们的视线之内，顿时一种强烈的责任感袭上心头。这么多年来，自己不论作为儿子、孙子，还是作为父亲和丈夫，都是不合格的，对亲人亏欠太多了。

从这一刻起，他彻底放弃了进入太空的念头，下定决心带妻子儿女回到中国，给爷爷庆祝百岁华诞，让父亲和爷爷，好好享受一下天伦之乐。

他疲惫地坐到沙发上，一眼看见茶几上的电话机下面有一个字条。

他拿起一看，是女儿用歪歪扭扭的中文写给自己的留言：

爹地：

爷爷来电话说，10月28日在上海的GONG DE LIN（这是爷爷说的地名，我听不明白也不会写，就这个读音）举行太爷爷的生日派对。希望你早点回去。

莉莉

女儿在留言下面画了一个大大的心状图案。

看到女儿的留言，赵亚文的疲惫感散去大半，欣慰地笑了笑。他和孩子约定，在家里给任何人留言，必须用中文。几年来，依莎贝拉为了给孩子做表率，也学会了不少汉字。甚至，她遇到不会写的中文，宁可用图画替代，也不写英文。

赵亚文起身走到厨房，看到冰箱旁边的日历上，下个月月底的连续一周的时间，已经被依莎贝拉用红笔圈起来，并在空白处用汉字标注为公演时间。

赵亚文知道，依莎贝拉所说的公演时间，是指剧院最近排练的新作品。如果这个月回国探亲，根本不会影响她下月底的公演。

他看了看手表，已经凌晨了。上海现在应该是下午两三点钟，父亲午休应该结束了。他拿起电话，拨通了上海家中的座机。

“侬啥宁？有啥事体啊？”小吴阿姨用浓重的上海话问道。小吴阿姨六十多岁，眼神不太好，看不清来电显示。

“吴妈，侬好！阿拉爷在吗？让伊听电话。”

“哦，是亚文啊。他一早就出去了，还无没回转。侬有啥事体啊？”

“格么，弗用麻烦侬了，我直接打伊手机好了。”

赵亚文想核实莉莉的中文留言是否准确，明确爷爷寿宴的举办时间和地点，以便确定自己的行程。

拨通父亲的手机，了解了爷爷百岁寿诞筹办的过程，明确的时间、地点、规模和规格。让他意想不到的是，中国驻美大使馆为他们一家人开通绿色通道，只要在中美海关出示护照，他们就可以直接通关。

中国政府都不惜花费人力物力为爷爷筹办百岁华诞，自己作为长孙，不应该以任何借口缺席，必须如期携带妻儿回国。

赵亚文与父亲通完电话后，随后又拨通了斯蒂夫的手机。从嘈杂的背景音乐声可以确定，他们还在夜店玩耍。

斯蒂夫听不清赵亚文说什么，一直“喂喂”地喊。最后没办法，他走出夜店：“头儿，我们正准备回去呢。”他怕赵亚文责备，赶紧主动报备。

赵亚文却说：“你在网上给我、依莎贝拉、莉莉和彼德预订四张后天旧金山飞往上海的机票。没有头等舱经济舱也行。订好后，把电子票发给我。注意保密。”

听完赵亚文的吩咐，斯蒂夫一脸狐疑。今天头儿是怎么了，东一榔头西一棒子的，完全不按常理出牌。明天不是去体检吗？怎么改道带一家老小去中国啦？

头儿要求保密，斯蒂夫也不敢多问。好在他经常为赵亚文和家人购买机票，购票 APP 中存有他和家人的身份信息。

斯蒂夫立即按照赵亚文的要求，预订了四张机票，并及时将订票信息发给发赵亚文。

赵亚文手机短信的提示音和门铃声几乎同时响起。

依莎贝拉回来了。

激情过后，依莎贝拉甜美地睡了一觉。

醒来时，酒劲儿已过，她像从云端回到地面，环顾四周，却不知身在何处。

她刚想起身，发现自己下半身赤裸，下意识地掩紧被子。扫视房间，她发现安东尼坐在沙发上，满含深情地凝视着自己。

见依莎贝拉醒了，安东尼柔声问道：“亲爱的，今宵酒醒何处，你可安知?”

听到安东尼用歌剧中的台词与自己对话，恍惚之中，依莎贝拉又分不清自己究竟在戏里还是戏外了。

现在，她唯一能确定的是，夜已经很深了。如果丈夫按惯例加班，两个孩子必然苦盼她回家。此时，马上回家的念头占据了她的脑海。

她抓过床头的衣服迅速穿好，起身冲进卫生间。简单梳洗后，她走到安东尼面前莞尔一笑：“亲爱的，我该回家了。”

“我送你。”安东尼眼里充满深情的理解。

一股暖流弥漫在依莎贝拉心头。她轻轻地在安东尼的额头上亲吻一下：“你把我送到码头的停车场吧，我自己驾车回家。”

“你喝了那么多酒，怎么能开车呢？不行，绝对不行。”

“这种酒，酒精含量不高。我已经睡了一觉，大脑很清醒。”

尊敬不如从命，安东尼没有再坚持。

在码头停车场，依莎贝拉与安东尼吻别后，登上汽车，猛踩油门，风驰电掣般回到家。

看到客厅的灯亮着，她把车停在车库门前，顺手摁响门铃。

赵亚文打开房门，在门口与依莎贝拉礼节性地相拥一下。一股刺鼻的酒气冲过来，令赵亚文很反感，转身坐到沙发上。在他的印象中，依莎贝拉很少这么晚酒气熏天地回来。

酒店里激情的一幕幕，在依莎贝拉眼前不停地闪现，让她面对赵亚文时，内心充满愧疚感。这么晚了，他一脸疲惫地等候自己，肯定担心自己的安危。于是，她没话找话："亲爱的，这么晚了，你还没有睡啊？"

"孩子都睡了，轻点儿。"赵亚文冲依莎贝拉做出噤声的手势。

手机提示灯还在不停闪烁，提示有未读短信。赵亚文打开手机，看到了斯蒂夫转发的电子机票。

赵亚文放下手机，用不容商量的口吻说："庆祝爷爷百岁华诞的日期确定了，后天我们一起去上海，机票已经订好了。你早点儿休息，明天送孩子上学时，顺便给他们请假。"

带全家人为爷爷庆贺百岁华诞，是赵亚文今年最重要的事情，不容有失。依莎贝拉也知道这件事对他来说有多重要，自己不能以任何理由说不。但这么快就动身，让她始料不及。

明天，她已经和安东尼约好，参加乐队和合唱团联排。后天，他们去太平洋上的著名旅游景点魔鬼岛采风。那里是一段重要剧情的发生地，也是她一直向往的景点。让她更迷恋的，是她和安东尼肌肤相亲的美妙感觉。那种感觉，已经打开了她的贪婪之门，只需更多，没有最多。

赵亚文的突然决定，让她感到措手不及。在这件事情上，他们根本没有讨价还价的余地。更何况，两个孩子一直期待参加太爷爷的百岁华诞。不论她以什么理由缺席，都不会得到家人的谅解。

依莎贝拉粗略地计算一下，如果后天出发，加上周末两天，请三天假就够了。

她走到赵亚文身边，道了一个万福，用中文说："臣妾照办就是！"

第四十八章　意外失踪

第二天早晨，一家人早早起床。赵亚文做早餐，彼德和莉莉收拾自己的行李。

伊娃今天也起得特别早，吃过早饭后，一路小跑来到彼德家。她一直搭依莎贝拉的车上学。她今天来这么早，是想和莉莉、彼德多玩一会儿。

刚到彼德家门口，她就感觉屋里的气氛和往常不一样。从来不下厨房的赵叔叔扎着围裙忙得满头大汗，依莎贝拉坐在沙发上不停地打电话，彼德穿着只有外出才穿的野马橄榄球队队服，楼上楼下一趟趟地搬运着行李箱。

伊娃预感不妙，一脸诧异地问彼德："彼德哥哥，今天你们不上学啦？"

彼德看到哭丧着脸的伊娃，放下手中的东西，跑过去把伊娃拉进门，帮她换上拖鞋后，让她在妈妈身旁坐下。

伊娃好像意识到这一家人要抛下自己出远门，"哇"的一声扑到依莎贝拉怀中号啕大哭："妈咪，我要跟你们一起去！"

可爱的伊娃在依莎贝拉的心目中，已经成为家庭中不可缺失的一员，所有好玩的东西和她一道分享，所有有趣的事情让她一起参与。

今天，所有人都把她忽略了。她也意识到这个问题的严重性了。

彼德像小暖男似的抽出几张面巾纸，帮伊娃拭去泪水，然后转身跑到二楼。

"宝贝，一会儿妈咪送你上学。"依莎贝拉安慰伊娃。

"妈咪，你们是不是要去中国？我也想去，带上我好不好？我很乖的。"伊娃听彼德说过，他们要去中国给太爷爷做寿。

看到伊娃乖巧的样子，依莎贝拉不忍心拒绝，委婉地说："妈咪送你上学好不好？"

伊娃见依莎贝拉还要送自己上学，着急了，问道："只送我上学吗？莉莉姐姐和彼德哥哥不去上学了吗？"不等依莎贝拉回答，她便扯开嗓子号啕大哭。

正当依莎贝拉无计可施时，彼德把一个憨态可掬的大阿福送到伊娃前面，她的哭声便戛然而止，破涕为笑。

伊娃娇嗔地用胖乎乎的小手在彼德脸上拍了拍，问道："你们要去中国吗？为什么不带上我？你们是不是想抛弃我？"

她不等彼德回答，一把抱住彼德，将哭花的脸在他心爱的野马橄榄球队队服上蹭来蹭去。

彼德虽然心疼那件珍藏版的野马橄榄球队队服，但更心疼貌似孤苦无依的伊娃，轻抚她的金色鬈发轻声安慰。

依莎贝拉觉得这样拖延下去，会无故浪费时间，于是伸手把伊娃拉进怀里，正色道："乖宝贝，彼德哥哥的太爷爷要过一百岁生日。一个人能活到一百岁啊，是不是很难得？所以我们必须到中国去，以中国人的方式为他庆生。"

伊娃向来通情达理，只要解释清楚，她就明白为什么自己不能去了。她马上改换口气，赌气似的对彼德说："中国所有好玩好吃的东西，一样不能少，都给我带回来!”

“中国好玩好吃的东西太多啦。只要你能说出名字,我就给你带回来。”依莎贝拉被伊娃霸道的口气逗得失声大笑。

“伊娃,只要我们吃到好吃的,遇到好玩的,一样不落都给你带一份回来!”还是彼德情商高,一句话就让伊娃恢复了往日萌宝的样子。

“开饭啰!”赵亚文在厨房里学着中餐馆的吆喝声,招呼大家吃早餐。

莉莉特意大声招呼伊娃:“伊娃,快来吃早餐吧!”

听到莉莉的喊声,伊娃又找到了家庭成员的感觉,心安理得地在彼德身旁坐下。虽然她已经吃过早餐,但必须在餐桌上刷刷存在感。

早餐后,赵亚文准备到实验室交办一些工作。他正准备动身时,莉莉就打电话质问:“已经7点多了,你怎么还不到?大家都在等你呢。”

这两天赵亚文不再乖巧听话,让莉莉憋着一肚子火。早晨6点刚过,她就赶到实验室,准备体检前的相关事宜。马上7点了,其他几位参加体检的同事准时到达,有严格时间观念的赵亚文,却迟迟未到。

从莉莉说话的口气,赵亚文就知道她对自己很不满意了,于是缓声说道:“家里有点事急需处理,我今天不能去体检了。你先带他们去吧。具体情况，我们见面再说。”赵亚文简洁地回复莉莉。

莉莉没有再问，狠狠地挂断电话。

出门前，赵亚文见依莎贝拉的汽车堵在车库门口，自己是不合格的爸爸、丈夫、儿子、孙子的自责感又席卷心头。为了所谓的事业，对家人亏欠太多了。以后不论什么原因，都不能将两个未成年的孩子留在家里。

他转身对依莎贝拉说：“依莎贝拉，我们再也不能把孩子单独留在家里。这是违法的。你把三个孩子送到学校，向老师请个假吧。”

依莎贝拉本来想把伊娃送到学校以后，再到剧院当面向老板请假，和同事告别，最重要的是和安东尼说几句悄悄话。

听赵亚文这么说，出轨的内疚感让依莎贝拉选择了妥协。

看到妈咪、彼德哥哥和莉莉姐姐组团送自己上学，如此豪华阵容让伊娃欣喜异常，蹦蹦跳跳地钻进汽车。

从彼德家到学校，需要走一段 101 州际高速公路，下高速后走两公里的林荫道就是学校。

莉莉上学以后，接送孩子的任务就落在依莎贝拉头上。走了几年，她对这段路早已熟记于心。汽车刚进入林荫道，她就发现前方有一辆黄色的校车横在路中间。

校车发生交通事故还是抛锚?

在美国，黄色校车拥有行驶优先权，距离校车大约一百米时，依莎贝拉停下汽车，打算走过去察看校车的情况。突然，一阵强烈而炫目的蓝光闪现，让她失去视觉和知觉。她推车门的手无力地耷拉下来，身体瘫靠在驾驶座椅上。

短短几秒钟，她好像听到莉莉在呼喊她："妈咪，妈咪——"

依莎贝拉清醒过来后，大脑一片空白，根本想不起来刚才发生了什么。林荫道两旁依然绿树婆娑，几乎没有车辆行驶。还没有到学校，她实在想不起来自己为什么会在空荡荡的路上将车停在路边。

"妈咪，你怎么啦？不舒服吗?"莉莉好像也不知道妈妈为什么突然把车停在路边。

莉莉下意识地向身边看了看，身边空空如也。她清清楚楚地记得，彼德坐在自己左手边，伊娃坐在自己右手边，他们怎么都不见了?

莉莉揉了揉眼睛，再次察看，身边依然是空的，前面只有妈妈一个人。

"妈咪，弟弟和伊娃不见了。我记得他们就坐在我身边啊。"莉莉冲依莎贝拉大声喊道。

听到莉莉的喊声，依莎贝拉向后面看了看，果然看不到彼德和伊娃。她立即下车拉开后车门，只看到伊娃的书包和惊恐的莉莉，彼德和伊娃不见踪影。

难道在自己停车时，两个顽皮的孩子跑下去了？她扯开嗓门，大声呼喊：“彼德——伊娃，彼德——伊娃，你们在哪里？快回来，上车去学校！”

莉莉也打开车门跳下来，和妈妈一起呼喊：“伊娃——彼德——伊娃——彼德——”

这时，已经是上学高峰时段，林荫路上的汽车渐渐多起来。送孩子的家长看到依莎贝拉和莉莉在呼喊，意识到他们肯定遇到了麻烦，于是纷纷停下车，询问她们需要什么帮助。

看到一群人围上来，莉莉吓得紧紧抱住依莎贝拉的大腿。依莎贝拉把莉莉护到身后，生怕孩子再出现意外。

人群中，有莉莉认识的家长，得知他们要帮助自己时，她才对那些家长说：“今天早晨我妈妈送我、弟弟和妹妹上学，走到这里，他们突然不见了。”

“你确定弟弟和妹妹和你乘坐同一辆车？”有个家长觉得莉莉的话不可思议，再次跟莉莉确认。

得到莉莉肯定回答后，他们再次检查车辆，根本找不到两个孩子。

一位好心的家长发现，莉莉的陈述有一个疑点，于是问道："在汽车行驶中，如果你身边的两个孩子下车，必然会打开车门。你就没有发现他们开车门？"

依莎贝拉努力回忆，记得三个孩子上车后，她通过中控锁锁上车门，孩子根本不可能打开的。如果车门紧闭，孩子又是怎么下的车呢？她对那位家长说："我敢肯定，在我停车之前，哪个车门都没有打开过。"

"是不是把孩子落在家里了？"那位家长提醒依莎贝拉。确实有家长闹出过这样的笑话，到学校才发现孩子根本没上车。

依莎贝拉拨通家里的电话，无人接听。然后她在车里拿出伊娃的书包，说："孩子向来都是自己背书包上车的，这就是孩子的书包。家里的电话也没人接听，孩子不可能落在家里。"

"这就奇怪了。你还是赶紧报警吧。"担心孩子迟到，那位家长转身走了。

依莎贝拉拨通了911报警电话。

不到一分钟，两辆警灯闪烁的摩托车便停在依莎贝拉车前。

一个警察询问依莎贝拉，一个警察布置警戒线保护现场。得知两个孩子莫名失踪时，他们通过对讲机请求同事增援。

不一会儿，两辆警车迅速驶过来。

第四十九章　火狐失算

赵亚文目送依莎贝拉开车载着三个孩子远去。他驾车来到实验室时，参加体检的属下已经出发了。

没有参加体检的属下，有条不紊地忙碌着。他没有打扰他们，径直奔向自己的办公室。

莉莉坐在他的办公桌前，无聊地修着指甲。

赵亚文进来，她连头都没有抬，伸出白皙纤细的手，仔细端详一会儿，然后继续修理。

赵亚文厌恶属下没有经过允许，擅自进入自己的办公室，更厌恶属下在他的办公室做与工作无关的事情。

今天莉莉触犯了他的禁忌，让他心头陡升一股无名怒火。他把手包猛地摔在办公桌上。

莉莉抬头看了看他，低头看了看手包，继续修理指甲。

赵亚文走到莉莉面前，刚想喝令她出去，一股令他痴迷的印度芳草香气扑面袭来，让他瞬间意识到自己一再爽约，确实辜负了她为自己付出的努力。

他突然间改变了态度，缓声说道："莉莉小姐，对不起！家里临时有点儿事，我来晚了。"

莉莉上下打量赵亚文，看了看了表，反问："刚到上班时间啊，怎么来晚了呢?"

赵亚文平时把说谎视为不可原谅的事情，现在他要对善良的女孩说谎，难免有些慌张。他下意识地把头转到别处，不想和莉莉对视。

莉莉故作恍然大悟的样子："你是说体检吧？来得及。今天参加体检的人很多，早到也得排队等候。只要10点前能抽血就没有问题的。咱们赶紧走吧，我陪你去。"

赵亚文见莉莉盯着自己不放，就不想再与她周旋，干脆说道："孩子非得要我陪他们吃早饭，我一着急就忘了今天体检的事情。"

莉莉一时语塞，心中暗暗思忖："自从他接到那个神秘电话，仿佛一切都变了。自己再三跟他强调，今天早上一定不能吃早餐，他这种做事无比严谨的人怎么会忘记呢？除了故意为之，就没有更好的解释。"

她不想当面拆穿他，顺着他的戏路往下演："哦，没关系的。空腹抽血只是体检项目的一部分，咱们先把其他项目检查了吧。你今天的工作安排就是体检，其他工作我都替你安排好了。"

她的任务，不仅是获得赵亚文的空腹血样，还包括其他很多生理样本。这次体检是拿到那些生理样本的最佳时机，无论如何都不能错过。

莉莉的不依不饶，让赵亚文进退两难，他实在找不到借口不去。

就在他准备答应之际，手机突然响了。

屏幕上显示的是依莎贝拉的名字。

接通后，一个沙哑的男低音传出来："你是赵亚文吗？"

一个不祥的预感闪过，妻子的手机怎么会在这个人手里？

"我是赵亚文。你是？"

“我是东区警察局的巴瑞警官。我再跟你确认一下，你是赵亚文吗？”

警察？妻子的手机怎么会在警察手里？他来不及多想，再次强调自己就是赵亚文。

巴瑞没有解释依莎贝拉的手机为什么在他手里，而是用冰冷而威严的语气说：“赵亚文先生，有几个问题需要你回答。你有权保持沉默，但是你说的每句话都将作为呈堂证供。”

赵亚文见对方将自己当成犯罪嫌疑人讯问，一股无名的怒火从心底升起。他转念一想，既然警察用依莎贝拉的手机给他打电话，说不定依莎贝拉遇到了车祸。现在自己应该做的是搞清楚问题，而不是生气发火。

赵亚文平静一下心情，用平和的口气说道：“警官先生，只要我知道的事情，一定会毫不保留地告诉你。”

对赵亚文积极配合的态度，巴瑞丝毫不领情，生硬地问道：“今天早晨，是你妻子依莎贝拉送孩子上学的吗？”

“是的。我妻子呢？”

巴瑞没有理会赵亚文的询问，而是按照自己既定的程序问道：“她送几个孩子上学？”

“两个。哦，不，是三个！”赵亚文慌忙中把伊娃忘了，突然又想起来了。

他的这个口误，又引起巴瑞的怀疑："究竟几个？你是赵亚文吗？"

"三个。两个女孩一个男孩。大女孩子和男孩是我的孩子，小女孩是邻居家的孩子。警官，你能不能告诉我到底发生了什么？"

巴瑞仍旧不理会赵亚文。根据依莎贝拉和莉莉的描述，两个孩子在车里凭空消失，这是绝对不可能发生的事情。警方怀疑她俩精神不正常，或者有臆想症，他们有必要向思维正常的知情人核对车里到底有几个人。

"请你说出三个孩子的姓名、年龄、性别、在哪所学校上学，读几年级，班主任是谁。"

警官一连串的提问，赵亚文确信妻子和孩子肯定遇到了麻烦。

无论发生什么，全力配合警察的调查，才是他最应该做的。他如实说出莉莉、彼德和伊娃的具体情况。

赵亚文的回答，和依莎贝拉和莉莉的描述吻合，看来车内确实有三个孩子。巴瑞说道："谢谢你的配合。别担心，你的妻子和女儿现在很好。如果方便，你最好到东区警局，警方需要当面向你咨询一些问题。"

对于依莎贝拉和三个孩子遭遇了什么，巴瑞闭口不谈。于是赵亚文小心翼翼地问道："警官先生，我能和妻子说话吗？"

事实上，依莎贝拉的手机一直处于免提状态，执法记录仪记录下全部通话内容。依莎贝拉和莉莉就站在巴瑞身边。

听到赵亚文的请求，依莎贝拉大声说：“亚文，你过来吧，我和莉莉在东区警局等你。”

听到依莎贝拉的声音，赵亚文大声问道：“依莎贝拉，究竟发生了什么事？”

巴瑞立即拍了拍依莎贝的肩膀，做出噤声的手势。

依莎贝拉知道违背警察指示的后果有多严重，于是不敢乱说，只回答说：“你快来吧，电话里说不清楚。”

警察和妻子都不肯说明情况，让赵亚文预感事情不妙。但值得庆幸的是，他可以以此摆脱莉莉的纠缠。

他举着手机，对莉莉大声说：“我的妻子遇到一点麻烦，警察通知我立即去东区警局。非常抱歉，今天我真的不能参加体检了。”

华盛顿特区维珍尼亚州阿灵顿县，美国国防部五角大楼。

从空中俯瞰，这座特别的建筑呈五角形，世人称其为五角大楼，是美国国防部所在地。

“火狐计划”总部就在五角大楼的地下三层。将“火狐计划”总部设在五角大楼内，可见这个计划对美国军方的重要性非同一般。

五角大楼的地下，宛如一片水泥森林。据传，原来这里是一片沼泽地。建筑者就地取材，从附近的波托马可河中挖来68万吨砂石，压制成30万立方米钢筋混凝土，在地基上打下四万多根水泥柱，以确保地面建筑稳固。

四万多根林立的水泥柱，自然要形成一片水泥森林，让进入者感觉像走进迷宫一般。

“猎鹰”的办公室设在地下三层一端。此时，他面对巨大的电子监视屏幕洋洋自得。

因为生理期缘故，除了没有获取依莎贝拉的卵子以外，安东尼已经顺利地拿到了她的所有生理样本。按照他们目前的热乎劲儿，再过几天必定拿到她的卵子。

莉莉利用赵亚文的科研项目X9超级天文现象探测计划，以安排他进入国际空间站为由，让他主动钻入事先设计好的圈套，就能轻而易举地获得他的全部生理样本，甚至包括精液。

拿到两个人的全部生理样本，采取高科技手段制造受精卵，并将其植入一个模拟子宫的环境内，制造出与彼德完全一样、携带已经破解人类记忆遗传基因密码的孩子。然后，根据对他的基因分析，再大批复制，美国将拥有大量无所不知无所不能的高级人才，称霸世界指日可待。

当然，他们也知道这只是一个美好的设想，这个过程存在很多不确定性。与彼德具有相同血缘关系的莉莉，为什么和普通人无异呢？

即便能复制出一个彼德，也很难确定这个孩子就能自动破解了人类记忆遗传基因密码。但是，不管结果如何，这是天赐美国的良机，是值得一批人甚至几代人为之奋斗的人类奇迹。

“猎鹰”已经沉醉在由自己执掌的“火狐计划”成功后的虚妄想象之中。

然而，更坏的消息已经在路上了。

第五十章　太空惊魂

巴瑞警官和赵亚文通完电话后，基本认定依莎贝拉和莉莉所言属实。他决定将她们带回警局，做详细调查。

依莎贝拉想驾驶自己的汽车，却被巴瑞警官拒绝，让她坐到警车里。

她刚坐下，惊魂一刻的情景又浮现在眼前。

她驾车从 101 高速公路下来，转个 U 形弯，刚驶入林荫道，顿时觉得一阵阴凉。她发现一辆黄色校车停在路中间，便减慢车速，最后在距离校车一百米的路边停下。也就在那个瞬间，一道炫目的蓝光出现在她眼前，让她失去了知觉。

在彼德和伊娃的记忆中，不知道为什么，下高速路之后，妈妈突然把车停下，然后眼前出现一道强烈蓝光，然后大脑一片空白。

一阵剧烈的撞击声把昏睡中的彼德惊醒。

他揉了揉惺忪的眼睛，发现周围一片昏暗。他用力眨眨眼睛，发现自己坐在一个圆形的飞行舱里。在他的右边，有一个圆形舷窗，窗外漆黑一片，时不时有大大小小的光点在眼前飞逝。突然，无数个闪烁着七色弧光的陨石猛烈地砸过来，舱体发出一阵巨大的撞击声。

就在此时，舷窗外闪现出一道强烈的蓝光，挟裹着一股巨大的能量，让迎面而来的陨石纷纷散开，形成一条由陨石拖着七彩光尾旋转而成的隧道，又在飞行器后方急速消逝。

这一次，强烈的蓝光虽然让彼德暂时失去视力，神志却变得十分清醒。仿佛那道强烈的蓝光让他想起什么，他闭上眼睛回忆。

彼德依稀记得自己坐在妈妈的汽车里。汽车从高速路驶入林荫道后，突然在路边停下后，一道强烈的蓝光在眼前出现，然后自己的大脑一片空白。

现在，空白的大脑似乎恢复正常。他向左右看了看，一切都是陌生的，无法判断自己身在何处，乘坐什么东西，要去什么地方。

蓝光似乎和陨石群一起消失了。舷窗外，依然一片漆黑。

彼德转头一看，伊娃就在他的身旁，正噘着胖嘟嘟的小嘴甜美地酣睡。

伊娃也跟自己在一起？妈妈和姐姐呢？环顾四周，这是比汽车内室面积还小的圆形舱，舱顶有一圈环形指示灯，各种颜色的指示灯诡异地闪烁着。

舱内安静得可怕，心脏跳动、呼吸甚至血液流动的声音都能清晰可闻。彼德从来没有在这么安静的环境中待过，感觉一切声音在这里都像被强大的扩音系统放大，让他感到无比的恐惧。

在没有弄清身在何处、要去何方之前，彼德不想让伊娃和自己一样恐惧。在这种一切都是未知的环境中，睡觉可能是对她的最好保护。

极度恐惧中的彼德闭上眼睛，心里反复默念《汤头歌诀》。慢慢地，他感觉一阵阵粉红气雾在他身边弥漫开来，大脑注入了一股股暖流。

他渐渐地想起了妈妈、姐姐，还看到父亲、爷爷、奶奶和太爷爷。他这是要去遥远的上海给太爷爷拜寿吗？

不对，从旧金山到上海的飞机，都是很大的，里面坐着好多人。最重要的是，爸爸、妈妈、姐姐应该和自己在一起。

粉红的气雾浓度越来越大，让彼德想起同学、黄爷爷、约翰·马瑟博士，还有让自己成为网红的儿童智力开发中心的索菲亚……在他的脑海里，每个人逐渐变得鲜活灵动。以前的一切，似乎全部想起来了。

但是，无论他怎么努力，都想不起来自己怎么离开妈妈和姐姐，怎么和伊娃进入这个奇怪的飞行器。

舱外逐渐变得明亮。

彼德向舱外望去，美丽而炫目的橘黄色光芒越来越强烈。这种光，不像太阳发出的光，应该是飞行器底部发出的。透过同舷窗可以看到，飞行器速度太快，与周围的尘埃摩擦，产生了一道道橘黄色的火焰，让人感觉飞行器在烟雾中飘忽升腾。

彼德再次将目光转回舱内，发现酣睡的伊娃正咂摸着嘴从美梦中醒来。她刚想睁开眼睛看看四周，舱外的强光迫使她再次闭上眼睛，好像冲彼德说："彼德哥哥，我饿了。"

这个胖丫头的心真够大的，什么时候都忘不了饿。被她一提醒，彼德顿时也感觉肚子在咕咕乱叫。这种腹鸣声，在特别安静的舱内显得尤为恐怖。

彼德下意识地看看手表，指针在 7 点 31 分的位置一动不动。这是瑞士著名的自动表，是爸爸送给他的生日礼物，从来不会出错，现在怎么会停摆了呢？

一种不祥的预感在他的脑海中闪现。

就在此时，舷窗外突然爆闪出强烈蓝光，吞噬了橘黄色光芒。

这种蓝光似乎具有无比强大的能量，推动飞行器急速上升。

蓝光很快消失了，舱外又是一片漆黑。彼德定了定神，发现周围仍旧昏暗，舱顶闪烁的指示灯，微弱而诡异。

他想站起身来活动一下僵硬的身体，发现自己被安全带牢牢地固定在座椅上。一阵摸索后，他找到了锁扣。

刚解开安全带，他就腾空而起，像没有重量的尘埃在舱内飘浮。幸亏舱体不大，他像游鱼一样，借助舱壁的反弹力回到伊娃身旁，发现伊娃也同样被安全带固定在座位上。

不久前，他为了帮助爸爸解决 X9 超级天文观测计划的难题，曾经手捧大阿福，默念《汤头歌诀》，恶补过天体物理学方面的知识。凭借这些知识，彼德判断，他现在肯定是在脱离地球引力的大气层以外，不然不会出现这种失重现象。

他强迫自己冷静下来，摸到安全带，将自己固定在座椅上。

恐惧、茫然、愤怒交织在一起，无情地裹挟着彼德。他想大吼一声，把这些负面情绪痛痛快快地发泄出去，但是，他这样做，必然会吵醒伊娃。

恐惧的自己根本哄不好更恐惧的她。

他把拳头狠狠地砸向舷窗。坚固的舷窗纹丝不动，甚至没有发出一丝响声，手却疼得要命。

舱顶突然传出威严而冷酷的男低音，用标准的中文说道："小彼德，请你安静坐好，不要有愚蠢的行为!"

伊娃被沉闷的声音惊醒。好在她听不懂中文，把这种声音当成来自舱外的杂音，又咂咂嘴巴进入梦乡。

彼德听到警告，揉了揉手，看着发出声音的位置，琢磨声音的来源。显然，警告他的人是认识他的，而且自己的一举一动都在这个人的监视之中。

彼德平复一下情绪，轻轻拍着伊娃的后背，希望她继续入睡。此刻，他反而从恐惧、无助、绝望中走出来。种种现象表明，他和伊娃已经被人绑架了。至于什么人绑架，为什么绑架，要把他们送到什么地方，他必须尽快弄清楚。

想到这里，他面对舱顶，用平和、友好的口气问道："你是谁，要把我们带到什么地方?"

“我是谁并不重要。要把你们送到什么地方？你一直想去的地方。”那个冷酷而威严的男低声以嘲弄的口气回答道。

“我想去的地方？我一直想去中国看望太爷爷，给他拜寿。”彼德被弄糊涂了。难道自己真的在去中国的路上？不对，他要是真的帮助自己，应该带上爸爸、妈妈和姐姐，而不是伊娃。伊娃应该上学的。

“你在说谎！”彼德大声吼道。

彼德的吼声把伊娃吵醒。这一次，她意识到有人在和彼德说话，只是她听不懂而已。

她抓住彼德的手，喊道：“彼德哥哥，你们别说话了。我饿了。我要吃比萨，不，我要吃饺子！”

不等彼德安慰伊娃，那个威严的男低音竟然用英语警示她：“伊娃，安静一点儿。我们达目的地后，有的是饺子吃，想吃什么馅的，随你选择。”

“真的啊？太好了，有饺子吃了。我吃什么馅的呢？猪肉大葱还是韭菜鸡蛋呢？”伊娃美滋滋地自言自语。

他还认识伊娃？他究竟是谁？唉，自己就是他砧板上的小鱼，想什么都没有用了。他把伊娃挽到身边，轻轻抚摸着她的金色卷发，安慰道：“伊娃妹妹，再睡一会儿，马上就能吃到饺子了。”

说完，他对自己做出的承诺感到心虚。下一秒发生什么，他一点谱也没有，更别说能不能吃上饺子了。

彼德努力使自己保持平静，不然会让伊娃感到恐惧。伊娃依偎在他身边，不知是因为饥饿还是恐惧，她丰满的躯体在微微颤抖着。还是让她睡一会儿吧，无知才能无畏。想到这儿，他轻声吟诵《汤头歌诀》：

《汤头歌诀》，第一剂，补益之剂，四君子汤。

四君子汤中和义，参术茯苓甘草比。益以夏陈名六君……

第一剂还没念完，像往常一样，伊娃在一句也听不明白的吟诵声中渐入梦乡。

彼德所做的一切，暗中监视他的人当然能看得真真切切。

也许彼德对伊娃的爱抚，感动了那个人，让他说话的语气柔和很多："伊娃，你就乖乖地睡上一觉吧。彼德，你不要瞎猜测了。很多事情，还没有写进学校的教科书。我保证，等伊娃醒来时，我们就能到达目的地了。"

对方在暗示彼德，一切反抗都是徒劳的，只能乖乖地听他摆布。

彼德毫不畏惧地问道："听声音，你应该是男人。

你能不能站到我面前来，咱们进行一次男人的对话？”

“胆小的伊娃好不容易睡着了，你就不怕把她吵醒，向你要饺子吃？省省力气吧！你还是儿童，根本算不上男人，就不要考虑男人的事情了。”

彼德激将法的套路宣布失效。

也许他说得没错，一旦把吃货伊娃吵醒，自己到哪里给她找饺子去？

现在自己最应该做的，就是养精蓄锐，保持头脑清醒，准备应对未知的一切。

第五十一章　莫名变脸

赵亚文挂断巴瑞的电话，心中的疑团顿时释然。眼下，他只有一个念头，马上赶往东区警局。虽说他为脱身找到了合理的借口，可以心安理得地回避莉莉安排的体检，但是，巴瑞在电话中的一通追问，却像一块巨石撞击着心头。

他只向莉莉说了一句："我的妻子依莎贝拉遇到了麻烦，警官要求我立即赶往东区警局。非常抱歉，我今天肯定无法进行体检了。"

说完，他朝莉莉摊开双手，无奈地耸耸肩，然后快速走出办公室。当他走到隔壁助理办公室时，下意识地朝里面看了一眼，却发现斯蒂夫的座位空着。诧异间，他立刻想起，斯蒂夫作为他重点举荐的人选，今天早上就去参加宇航体检了。他来不及向其他人做什么交代，走到停车场，准备驾车前往东区警局。

赵亚文与巴瑞通话时，莉莉虽然不清楚究竟发生了什么，但是，她从赵亚文的话语中以及惊慌的表情，也猜中了八九分。他的妻子和孩子在上学的路上遭遇不测，看来今天他的宇航体检肯定泡汤了。对于这个结果，昨天晚上赵亚文无故推掉聚餐时，她就有所觉察。本来说好今天早晨 7 点空腹参加体检，他却吃了早饭。

所有迹象表明，这家伙压根儿就不想参加体检。想到这里，莉莉脑海中突然闪现出一个念头，难道他发现了自己的真实意图？这是她最不愿意看到的结果。

但是，她转念一想，似乎自己有点想多了。登上国际空间站，是他主动提出来的。当然，这其中离不开“火狐计划”的精心诱导。本来，他进行宇航体检完全是顺理成章的事情，不料被突然冒出来的“回国参加爷爷百岁寿诞”搅黄了。不过她确信，今天出现的意外，应该与他无关。如果这一切与他无关，在他进入国际空间站之前，她肯定还是有机会的。

想到这里，她起身去追赵亚文。

赵亚文刚打开车门准备上车时，莉莉从后面拉住他，用一种温柔却不容置疑的口气说：“我送你过去，现在的你不适合开车。”

心烦意乱的赵亚文，知道自己在这种状态下开车，确实存在着不安全因素，但又不想再麻烦莉莉。她为了让他能进入太空，动用了各种关系，费尽周折，而自己却一再失信，显然对不住她。

“总这样麻烦你，不太好吧？这是我个人的私事。”赵亚文弱弱地说。

“听取正确的建议，就是最大的尊重！”莉莉把手伸到赵亚文面前，“钥匙。”

听她这么说，赵亚文顺从地把车钥匙递到她手中，转身坐到副驾驶的座位上。

赵亚文刚系好安全带，就感觉眼前天旋地转。或许连日加班加点工作，心力体力过度透支；或许为了争取那些设备，终日挖空心思绞尽脑汁；或许关键时刻，父亲突然来电，责令他带全家人回国为爷爷贺寿，不想让最贴心的女儿失望让他陷入两难；气场强大的莉莉，对他公然藐视并温柔胁迫……这一切，把他弄得焦头烂额，手忙脚乱。

妻儿突然遭遇不测，冲垮了他内心最后一道防线，让他瞬间崩溃了。

汽车驶上马路，莉莉询问东区警局的地址，赵亚文没有言语。她扭头一看，他瘫坐在副驾驶座位上，右手紧紧捂着额头，似乎已经进入熟睡状态。

她对旧金山的路况不熟，又不想吵醒疲惫不堪的赵亚文，便打开汽车的导航系统，语音输入“东区警局”后，导航界面显示她的行驶方向反了。此刻，汽车已经进入101高速，只能到十几公里外的出口掉头。

按照GPS导航提示，汽车一路飞驰，很快达到了东区警局门口。

大概刹车有点急，赵亚文一下子惊醒，慌乱地抬头一看，东区警局门口就在眼前。他不等车子完全停稳，推开车门跳下去，直奔巴瑞办公室。

在空旷的等候区大厅，摆放着几排钢制座椅，依莎贝拉和莉莉在那里焦急地向外张望。看到赵亚文走进来，女儿起身疯狂地扑到他的怀里失声痛哭，连声呼唤：“爹地，爹地！”

依莎贝拉起身走到父女身旁，一边轻抚女儿，一边用内疚的眼神望着赵亚文。

赵亚文伸出一只手，把依莎贝拉搂进怀里，安慰道：“亲爱的，别急，慢慢说。”

尾随赵亚文进来的莉莉，看到一家三口相依相偎的情景，大脑飞快地运转着。

自从领命到赵亚文身边执行“火狐计划”，一切进展得都很顺利。然而，从昨天晚上开始，上帝似乎就跟她开起玩笑，一切都不在她的掌控之中了。这些恶意的玩笑似乎都是由电话引起的——赵亚文打电话“订机票”，就有了聚餐爽约；电话通知他前往东区警局，就有了体检爽约。

她不敢断定的是，依莎贝拉母子遭遇的意外是不是上司所为。这种行事风格，与他们惯用手法极其吻合。但是，自己的计划眼看就要得手，他们总不至于傻乎乎地成事不足吧？

再说，赵亚文为了带妻子儿女到中国探亲，已经取消了体检和进入国际空间站的计划。两个孩子突然失踪，反而让他的探亲计划成为泡影，这对自己是祸是福，现在还无法预料。

她之所以陪赵亚文到警局，一是担心赵亚文的安全，二是想深入了解两个孩子失踪的具体情况。

听见办公大厅里有人哭泣，巴瑞从办公室走出来，看到依莎贝拉和女儿在一个中年男人的怀抱里掉眼泪，便知道他肯定是赵亚文。

巴瑞朝赵亚文招招手：“您就是赵亚文吗？到这儿来。”

赵亚文在妻子女儿的肩头轻轻拍了拍，示意她们到座椅上等候，然后向巴瑞办公室走去。

莉莉想跟赵亚文一同进去，却被巴瑞阻止。他转身问赵亚文：“这位女士和您一起来的吗？”

赵亚文没想到莉莉会跟随自己，经巴瑞一问，他立即感到一股特殊香味向自己袭来。他扭头看见莉莉已到身前，无奈地朝巴瑞点了点头：“是的，她是我的同事。您就是巴瑞警官吧？”

巴瑞还是那个套路，不打算回答赵亚文的任何提问。他认为，在警察局里，警官只能提问，不能被提问。

“这位女士，您不能进去。我需要和赵先生单独谈谈。”巴瑞的口气不容反驳。

作为资深特工，莉莉完全清楚这句话的含意。这位警官想单独向赵亚文询问一些事情，判断他是不是和这起失踪案有关。

莉莉被巴瑞拒绝，无法和赵亚文一起进去，转而打算安慰依莎贝拉时，却突然意识到，自从自己进入警察局，注意力一直放在赵亚文身上，对她们母女视而不见。

怎么才能化解这种尴尬呢？她犹豫间，手机在坤包里突然振动。凭着这种特殊的振动频率，她知道是上峰要向自己发出指令。

她拿出手机一看，一条短信让她出了一身冷汗：不要在赵亚文家人面前暴露自己，包括现在的身份。

看来，今天自己陪赵亚文来警局是一个错误。幸亏刚才自己的注意力全部集中在赵亚文身上，否则必然要和依莎贝拉面对面交流。幸亏她们母女还处在惊恐之中，没有注意到自己。

上峰怎么知道自己要和依莎贝拉说话？难道自己的一言一行都在上峰的监控之下？不然自己刚有这种想法，怎么就立即收到警告？

不过，现在自己暴露与否已经意义不大了。赵亚文取消了进入国际空间站的计划，自然就没有必要参加体检。两个孩子失踪，又迫使他取消放弃中国探亲。这一切，难道是上峰又实施了一套新的计划，自己却被蒙在鼓里？

命令就是命令，莉莉幽怨地看了一眼依莎贝拉母女，转身走出去。启动赵亚文的汽车前，她给赵亚文发了一条短信，然后驾车离去。

巴瑞警官办公室。

按照惯例，赵亚文像犯罪嫌疑人一样，留下所有能证明他身份的信息，比如各种角度的照片和所有指纹。然后，他被带到一台摄像机前回答巴瑞警官的讯问。

巴瑞警官像背诵公文一般，机械刻板地重复讯问前的开场白：“赵亚文先生，现在我就两个孩子失踪的案件对你进行讯问。你可以保持沉默，但是，必须保证你说的每句话真实可信。你的每句话都将作为呈堂证供。为了我们的讯问顺利进行，请你将手机关闭，或者设置成静音状态。”

“叮咚。”巴瑞话音未落，赵亚文的手机就传出短信提示音，像嘲讽巴瑞一样。

巴瑞面对摄像镜头做一个自嘲的鬼脸后，一边对记录警员做出暂停手势，一边示意赵亚文查看短信。

赵亚文赶紧拿出手机，查看莉莉发来的短信：“我有事先回实验室，你搭乘妻子的汽车回去吧。再见！”

他看了一眼巴瑞，快速回复：“辛苦你了。谢谢！”

正在此时，办公桌上的电话暴虐般响起来。巴瑞耸耸肩，冲赵亚文摊开手，然后拿起话筒。

听到对方的声音，巴瑞一反常态，松垮的身体突然站得笔直，恭恭敬敬地连声说“是”。

电话是东区警察局局长打来的。他刚才接到上级领导的命令，让他把今天早晨101州际高速口人口失踪案的卷宗、调查材料等立即移交给美国联邦调查局旧金山分局，并把此案列为绝密级，严禁知情人向外透露任何信息。

赵亚文把手机设置成静音状态后，看见巴瑞聚精会神地接电话，于是又给莉莉发了一条短信："莉莉，这次我无法去国际空间站了，能否再申请增配一些设备吗？面谢！"

发完这条短信后，赵亚文调整一下情绪，准备接受讯问。

然而，巴瑞好像换了一个人似的，竟然若无其事地对他说："赵亚文先生，今天的讯问必须换个地方进行。非常感谢你的配合！"

"换个地方，为什么？要去什么地方？"赵亚文一脸诧异。

"去什么地方？去了你就知道。为什么？"巴瑞耸耸肩，摊开手，"无可奉告。放心，那个地方比这里豪华多了。"

更大的疑问顿时笼罩在赵亚文心头："这是简单的民事案件啊，就应该由当地警察局负责，他们接到一个电话就改变了？"他试探问道："巴瑞警官，两个孩子莫名失踪，我们应该迅速寻找孩子才对，你们为什么中止调查呢？"

巴瑞摇摇头："抱歉，无可奉告。"

昨天晚上忍痛割爱，今天早晨儿子突然失踪，让此刻的赵亚文感到心力交瘁。他感觉身后有无数看不见的大手在操控着自己，生活中的一切选择都变成了别无选择。

第五十二章　火狐插手

只要能尽快找到两个孩子，让自己做什么都可以。赵亚文很配合地和巴瑞来到办公大厅。

依莎贝拉和莉莉看见赵亚文，好像久别重逢一样，不约而同地扑向他。

莉莉一头扎进赵亚文的怀里，大声问：“彼德和伊娃有消息了吗？

依莎贝拉也是迫不及待地追问：“他们弄清楚了吗？”

赵亚文摇摇头：“这件事没有那么简

单，我们要去另外一个地方配合调查。”

“另外一个地方？什么地方？人口失踪不就是归警察管吗？”依莎贝拉满脸不解地望着巴瑞。

巴瑞耸耸肩：“你们要想尽快找到两个孩子，那就赶紧走吧。”

巴瑞和五个警察陪赵亚文一家人坐上警车，另外两个警察驾驶依莎贝拉的汽车，一前一后驶上大街。

收到上级指令后，莉莉驾驶赵亚文的汽车，沮丧甚至愤怒地离开了东区警局。

本以为自己可以掌控一切，轻松摆平书呆子赵亚文。然而，经过这么多天的设计与运作，好不容易把鸭子煮熟了，却眼看着这个肥鸭子扇动几下没毛的翅膀，慢悠悠地飞走了。

她正追问付出与结果极度违和的原因时，一阵刺耳的汽车喇叭声从身后扑来。

记得刚才自己一直跟在一辆皮卡后面，现在那辆皮卡已经离她有四十米的距离。她在后视镜里看见后面是一辆红色玛莎拉蒂敞篷跑车，车上坐着貌似来自中国的男孩和女孩，都是杀马特打扮。

莉莉对这种靠投胎技术好到处炫富的年轻人非常厌恶。他们在大街上肆意按喇叭的行为，又在她的沮丧与愤怒的火堆上浇上一桶油。好吧，自己整治不了赵亚文，就戏弄一下这两个无知的家伙吧。

莉莉轻点油门，貌似加速快行。后面的玛莎拉蒂跑车发出炫耀的轰鸣声，咆哮着跟上来。

莉莉在接受特工训练时，车技科目成绩是 A^+，玩弄这两个富二代自然不在话下。

她见玛莎拉蒂跑车跟上来，一脚把油门踩到底，她的汽车迅速与玛莎拉蒂跑车拉开距离。

玛莎拉蒂跑车还能被普通汽车拉开距离，是富二代无法接受的，于是他也猛踩油门，准备秒超莉莉的车。

不等玛莎拉蒂跑车提到最高速度，莉莉猛踩一脚刹车。只听“砰”的一声，玛莎拉蒂跑车结结实实地撞在莉莉驾驶的汽车上。

两个乳白色安全气囊像巨大的拳击手套，把两个富二代重重击倒在座椅上。

莉莉的汽车因为惯性向前滑行十几米后，撞在前面一辆皮卡上。因为前后受力，汽车的后备箱瘪了，机盖翻起来，惨不忍睹。好在莉莉有所准备，没有受伤。

莉莉从变形的汽车里钻出来，不但没有愤怒，反而一脸轻松。她抱着肩看着惨不忍睹的汽车，就好像欣赏遍体鳞伤的赵亚文。

皮卡上的黑人大叔刹住车，下来非常专业地把自己的皮卡检视一遍，发现只有车斗底部蹭上一层黑漆，没有任何损伤。他刚想发火，发现面前竟然是年轻貌美的小妞，火气顿时消了大半。

莉莉一脸无辜，冲后面努努嘴，示意他真正的祸根在后面。

黑人大叔朝莉莉猥亵地打了个响指，不怀好意地挑逗一下，然后走向后面的玛莎拉蒂汽车。

刚才还觉得旧金山是他俩的富二代，此时一脸懵逼样，哆哆嗦嗦地给父母打求援电话。见威武雄壮的黑人大叔朝他们走来，拿电话的手突然一哆嗦，高级限量版的手机顿时掉在地上一分为二。

没等黑人大叔质问，两辆警灯闪烁的摩托车便在三辆事故车旁边停下。一个警官熟练而专业地安放警戒标志，另一个警官大致看了一下现场，径直走向那个魂飞魄散的富二代。

莉莉嘴角掠过一丝不易觉察的微笑。

依莎贝拉为警察局的处理方式感到愤怒，质问巴瑞："警官，人口失踪充其量是民事案件，你们不去找孩子，在我们家长身上瞎耽误工夫，有你们这么办案的吗？麻烦你告诉我，接下来你们要干什么。"

"这位女士，这个案件已经与我们无关了。接下来，我们的任务就是把你们护送到你们应该去的地方。”巴瑞一脸淡定平和，仿佛这件事已经与他无关。

“你们不专业我能接受，但能不能敬业一点儿?”面对巴瑞事不关己高高挂起的态度，依莎贝拉愤怒了。

“我们就是要把你们送到更专业更敬业的地方去啊。”巴瑞的表情没有丝毫变化。

赵亚文冲依莎贝拉挤挤眼睛，示意她任何愤怒都于事无补，惹怒警察不会有好结果。

警车在一个小院门口停下，门口挂着很小的牌子，上面标注这座院子的地址。院子里除了两栋五层高的灰色矮楼，再无其他建筑。

巴瑞下车，在门岗打了一阵电话后，大门打开，警车径直驶到一座楼下。

两个穿深蓝色西装的大汉，在门口与巴瑞办理好交接手续后，一前一后把赵亚文一家三口带入楼内。

楼内只有一部防弹电梯，没有其他上楼的通道。一个大汉通过虹膜系统打开电梯，示意赵亚文一家人进去。

“这是什么地方?”赵亚文问道。

“美国联邦调查局旧金山分局。”一个大汉不冷不热地回答道。

另一个大汉把一家人推进电梯，冰冷地说：“要想找到你们的孩子，请你们无条件配合我们的工作。”

“难道是恐怖分子绑架了两个孩子？不然美国联邦调查局怎么会介入呢?”赵亚文还是用正常人的正常逻辑思考着。

电梯在五楼停下，两个壮汉带着惊恐的一家人走到一侧楼道的尽头，在一道高大的橡木门前停下。

门上镶着一块镌刻“509”的精致铜牌。

这个509房间，似乎占据了一层楼的一半。

大汉按响门铃。稍后，一个秘书打扮的女孩打开房门，把赵亚人一家人带进去。

进入房间，赵亚文环顾四周，觉得这里怎么看都不像办公室，更像实验室，只不过那些林林总总的设备自己从来没有见过。

一位身材绝佳、看不出年龄的女人从巨大的办公桌后站起来，热情地向他们伸出手：“你们好，我是吉茜卡。”

赵亚文也礼貌地与她握手：“你好，我是赵亚文，这位是我的妻子依莎贝拉，这位是我的女儿莉莉。”

见赵亚文是华裔，吉茜卡客气地问道：“你们喝茶还是喝咖啡?”

“喝茶吧，谢谢!”赵亚文着急上火地跑了一上午，一口水都没顾得上喝。

吉茜卡示意秘书为他们准备茶水，带他们到里面客厅的沙发前坐下，安慰说：“我对早上发生的不幸深表遗憾。不过，案件已经有了眉目，需要你们给予配合。”

依莎贝拉没想到这个神秘组织里竟然还有如此美丽、大方、热情的女人，紧张的心情缓解很多。她不假思索地回答道：“只要能尽快找到孩子，我们一定会尽全力配合！”

秘书为他们分别斟好茶后，拿来一沓表格，让他们填写。

赵亚文瞥了一眼表格，首先映入眼帘的是抬头“涉案人员档案”，下面除了个人信息外，更多是个人身体方面的参数，跟进入国际空间站的报名表填写要求差不多，只是后面都标注着“以实际体检结果为准”。

为了尽快找到孩子，他们按照要求迅速填好表格

吉茜卡审视一遍三个人填好的表格，脸上闪过一丝不易觉察的得意。她用铅笔轻轻敲了敲桌子，秘书立即对着领口微型对讲机，说了几句奇怪的语言。

吉茜卡像煞有介事地说道：“赵亚文先生，感谢你和夫人带着孩子来到美国联邦调查局旧金山分局，我对你家人的遭遇深表同情。请你们到这里来，是因为我的同行今天在执行一项任务时，发现行踪可疑的一伙人身边，有两个和彼德、伊娃十分相似的孩子。遗憾的是，那伙人已经逃逸，我们正组织力量全力缉捕，相信不久

就能把他们缉拿归案。为了便于我们尽快找到孩子，我们要采集你们一些生理样本，下发各个分局，方便他们展开工作。”

听完吉茜卡的简短介绍，赵亚文和依莎贝拉悬在嗓子眼儿的心稍稍下落，自然也就理解了东区警局将案子移交美国联邦调查局旧金山分局的原因。

不一会儿，三个身穿淡绿色大褂的医生和三个身着黑色制服的特勤走进509室。他们奉命要对赵亚文一家三口进行体检，提取他们的生理样本。

正在这时，赵亚文的手机突然响了，屏幕上显示着陌生号码。他向吉茜卡请示，是否方便接听。

吉茜卡对6个人压压手掌，示意他们稍等，然后对赵亚文说：“你先处理电话。”

一个陌生男人冷漠地问：“你是赵亚文先生吗？我是东区警局的警官亨特。”

赵亚文要疯了，自己刚离开那里，他们怎么还给自己打电话？在这个特殊的环境里不适合发火，于是他强忍怒气尽量平静地回答：“我是赵亚文。有什么事吗？警官先生。”

“车牌号为7ACK503黑色英菲尼迪的汽车是你的吗？”

赵亚文立刻回答道：“是的。怎么了？”

“怎么了？”警官很不客气，“这要问你自己，为什么将汽车交给没有驾照的人驾驶。现在你的汽车遭遇严重交通事故，你赶紧赶到事故现场！”

“自己的汽车发生了严重事故？不可能啊！”赵亚文猛然想起，莉莉驾驶自己的汽车回实验室，难道她遇到车祸了？她连飞行驾照都有，怎么会没有汽车驾照？

吉茜卡看到赵亚文很为难，意识到一定出现了突发情况。她可不想让砧板上的鱼游走，于是关切地问赵亚文：“发生了什么事情？需要我帮忙吗？”

赵亚文指指手机，无奈地说：“今天我真是倒霉透顶了。同事驾驶我的汽车，发生了交通事故。”

吉茜卡走到赵亚文面前：“不就是一起普通交通事故嘛，没必要这样兴师动众。真不知道这些死板教条的警察在干什么，无故浪费纳税人的时间。小事儿，让我处理吧。”

她接过赵亚文的手机，非常严肃地说：“我是美国联邦调查局旧金山分局的吉茜卡，赵亚文先生正在配合我们抓捕恐怖分子。至于那个交通事故，你们怎么处理就怎么处理。事后我会让他联系你们。”

警察无权过问美国联邦调查局的事情，亨特立即说道：“请您转告赵亚文先生，方便时再联系我们吧。”

赵亚文见吉茜卡要挂电话，赶紧喊道：“问问他，有没有人员伤亡。”

得知没有人员伤亡，他紧张的心情稍稍缓解。

吉茜卡催促赵亚文：“抓紧时间取样吧。”

赵亚文一家三口被带走后，吉茜卡立即拨通办公桌上的黄色座机：“报告‘猎鹰’，一切正常！”

“干得漂亮！那群无头苍蝇似的中国人，可能要失望了，呵呵！”电话里传来“猎鹰”得意的笑声。

可惜的是，事实并没有“猎鹰”想的那样乐观。